CONFISSÕES

KANAE MINATO

CONFISSÕES

UM **CRIME** BRUTAL
UM **PLANO** DIABÓLICO
UMA **VINGANÇA** IMPLACÁVEL

2ª edição
1ª reimpressão

TRADUÇÃO: Rogério Bettoni

GUTENBERG

EDITORA RESPONSÁVEL
Rejane Dias

ASSISTENTE EDITORIAL
Andresa Vidal Vilchenski

PREPARAÇÃO
Sonia Junqueira

REVISÃO
Eduardo Soares
Júlia Sousa

CAPA
Diogo Droschi
(sobre imagem de Lipik Stock Media / Shutterstok)

DIAGRAMAÇÃO
Guilherme Fagundes

Dados Internacionais de Catalogação na Publicação (CIP)
(Câmara Brasileira do Livro, SP, Brasil)

Minato, Kanae
Confissões / Kanae Minato ; tradução Rogério Bettoni. -- 2. ed. 1. reimp. -- Belo Horizonte : Editora Gutenberg, 2020.

Título original: Kokuhaku
ISBN 978-85-8235-573-2

1. Ficção japonesa 2. Ficção policial e de mistério (Literatura japonesa) I. Título.

18-22200 CDD-895.63

Índices para catálogo sistemático:
1. Ficção : Literatura japonesa 895.63
Maria Paula C. Riyuzo - Bibliotecária - CRB-8/7639

A **GUTENBERG** É UMA EDITORA DO **GRUPO AUTÊNTICA**

São Paulo
Av. Paulista, 2.073 . Conjunto Nacional
Horsa I . 23° andar . Conj. 2310 - 2312
Cerqueira César . 01311-940 . São Paulo . SP
Tel.: (55 11) 3034 4468

Belo Horizonte
Rua Carlos Turner, 420
Silveira . 31140-520
Belo Horizonte . MG
Tel.: (55 31) 3465 4500

www.editoragutenberg.com.br

CAPÍTULO I

Santidade

Quando terminarem o leite, por favor, levem a caixinha de volta para o lugar certo. Não se esqueçam de colocá-la no compartimento com o número de chamada, depois voltem para a carteira. Parece que todo mundo está quase acabando. Como hoje é o último dia de aula, também será o último dia da "Hora do Leite". Agradecemos a todos os participantes. Escutei o murmurinho de alguns querendo saber se o programa vai continuar no ano que vem, e por ora digo que não. Este ano, o Ministério da Saúde escolheu nossa escola como projeto piloto para a campanha de laticínios. Cada um de vocês deveria tomar uma caixa de leite por dia, e quando o novo ano letivo começar, em abril, vamos realizar os exames médicos anuais e ver se vocês superaram a média nacional de peso e crescimento.

É claro, vocês podem achar que foram usados como cobaia, e tenho certeza de que este ano não foi muito agradável para quem é intolerante a lactose, ou simplesmente não gosta de leite. Mas a escola foi escolhida aleatoriamente, e cada turma recebeu uma quantidade diária de leite e os armários para guardá-las, com um escaninho específico identificado com o número de chamada de vocês. É verdade que estamos verificando quem tomou o leite e quem não tomou. Mas por que fazer careta agora se há poucos minutos vocês estavam felizes, cada um tomando o seu? O que há de errado em ter que tomar um pouco de leite todo dia? Vocês estão entrando na puberdade. O corpo de vocês vai crescer e mudar, e o leite ajuda a ter ossos fortes. Quantos aqui tomam leite em casa? Além disso, o cálcio faz bem não só para os ossos; vocês precisam de cálcio para ter um bom sistema nervoso. Níveis baixos de cálcio podem deixar vocês inquietos e nervosos.

E não é só o corpo de vocês que está crescendo e mudando. Eu sei o que aprontam, conheço as histórias. Você, Sr. Watanabe, sua família é dona de uma loja de eletrônicos, e eu sei que você descobriu como remover todas as tarjas pretas da censura de filmes pornográficos. E esses filmes estão circulando entre os rapazes. A mente de vocês muda rápido, igual ao corpo. Acho que não dei o melhor exemplo, estou querendo dizer que vocês estão entrando no que chamamos de "período rebelde". Os garotos e as garotas tendem a ficar sensíveis, a se ofender e se magoar com as mínimas coisas, e se deixam influenciar facilmente pelo ambiente. Começam a imitar tudo e todos, tentando descobrir quem são. E se forem honestos, muitos dirão que já perceberam essas mudanças. Vocês acabaram de ter um ótimo exemplo: até poucos minutos atrás, a maioria achava que o leite era um presente. Mas agora que falei que é um experimento, todos mudaram de opinião rapidinho. Estou errada?

Mas não tem nada de estranho nisso, é da natureza humana mudar de opinião, e não só na puberdade. Na verdade, os professores dizem que o comportamento de vocês é mais calmo e melhor que o das outras turmas. Talvez graças ao leite!

Tenho uma coisa mais importante para dizer a vocês. Vou parar de dar aulas no final do mês. Não, não vou trabalhar em outra escola, pedi demissão como professora. Vocês são meus últimos alunos, e vou me lembrar de vocês para o resto da vida.

Acalme-se, gente! Fico feliz com a reação de vocês, principalmente de quem parece ter ficado chateado com a notícia... Como?

Está se aposentando por causa do que aconteceu? Sim, acho que sim, e vou aproveitar para falar com vocês sobre isso.

Agora que pedi demissão, andei pensando sobre o que significa para mim ser professora.

Não entrei nessa profissão pelos motivos mais comuns – porque tive uma professora maravilhosa que mudou minha vida, ou coisa do tipo. Talvez eu possa dizer que me tornei professora simplesmente porque nasci numa família muito pobre. Desde que eu era pequena, meus pais me diziam que não tinham condições de me mandar para a faculdade, e que seria um desperdício pagar os estudos de uma menina, mas acho que isso me fez querer estudar ainda mais. Eu adorava a escola e era boa aluna. Quando terminei o ensino médio, ganhei uma bolsa de estudos – talvez porque eu fosse muito pobre –, e me inscrevi na universidade local. Estudei Ciências, a área de que eu mais gostava, e comecei a dar aulas num cursinho antes mesmo de me formar. Eu sei que todos vocês reclamam dos cursinhos hoje em dia, porque precisam sair correndo da escola, ir pra casa jantar e depois sair correndo de novo para ter mais aulas até tarde. Mas sempre achei que vocês eram sortudos por terem pais que se importam o bastante para dar a vocês essa oportunidade.

Bem, quando cheguei no último ano de faculdade, resolvi abandonar a graduação, que tinha sido minha primeira escolha, e arrumar emprego como professora. Eu gostava do fato de ter uma carreira estável, com salário fixo, mas tinha outro fator mais importante: o contrato da minha bolsa de estudos dizia que se não me tornasse professora, teria de devolver todo o dinheiro das mensalidades. Então, sem pensar demais, fiz a prova para obter a licença. Alguns de vocês podem questionar meus motivos para me tornar professora, mas posso garantir que sempre tentei dar o melhor de mim neste trabalho. Muita gente passa a vida inteira reclamando que não conseguiu descobrir sua verdadeira vocação. Mas a verdade é que a maioria de nós provavelmente não tem nenhuma vocação.

Então, o que há de errado em escolher aquilo que está bem na nossa frente e se dedicar de corpo e alma? Foi o que fiz, e não me arrependo de nada.

Alguns de vocês devem estar se perguntando por que escolhi o ensino fundamental e não o médio. Acho que eu queria estar na "linha de frente". Queria dar aulas para quem ainda estivesse na metade dos estudos obrigatórios. Quem está no ensino médio tem a opção de abandonar os estudos, e, por isso, tem a atenção meio dividida. Eu queria trabalhar com alunos que ainda estivessem comprometidos com os estudos, que não tivessem escolha – e isso, para mim, era o mais perto que eu poderia chegar de uma vocação. Talvez vocês não acreditem, mas houve uma época em que eu era apaixonada por esse trabalho.

Sr. Tanaka e Sr. Ogawa, não tem nada de engraçado nessa parte da história!

Eu me tornei professora em 1998, e meu primeiro cargo – meu treinamento, na verdade –, foi na Escola M. Dei aulas lá durante três anos, depois tirei um ano de licença e vim dar aulas aqui na Escola S. Descobri que gostava de ficar um pouco afastada das grandes cidades, e aqui é um lugar bem tranquilo para trabalhar. É meu quarto ano nesta escola, então trabalhei como professora durante sete anos no total.

Sei que estão curiosos para saber como é a Escola M. Masayoshi Sakuranomi dá aulas lá, vocês devem tê-lo visto na televisão ultimamente... Por favor, se acalmem. *Ele é muito famoso? A senhora o conhece bem?* Nós trabalhamos juntos esses três anos, então acho que sim, eu o conheço bem, mas naquela época ele não era uma celebridade. Depois que começou a ser visto como um superprofessor, aparece na mídia com tanta frequência que vocês devem conhecê-lo muito melhor do que eu.

O que foi? Você não conhece a história, Sr. Maekawa? Não assiste TV? Tudo bem, vou lhe contar. Sakuranomi era líder de uma turminha no ensino médio, e quando estava no segundo ano, agrediu um professor. Foi expulso da escola, saiu do país e, durante alguns anos, vagou pelo mundo, se envolvendo nos maiores perigos e confusões. Testemunhou a guerra e outros conflitos violentos, viveu no meio de pessoas na extrema pobreza. Por causa dessas experiências, ele entendeu como tinha errado na vida e se arrependeu de seu passado violento. Voltou para o Japão, fez uma prova de supletivo e conseguiu entrar numa universidade muito prestigiada. Depois de se formar, começou a dar aulas no ensino fundamental. Dizem que escolheu essa faixa etária porque queria ajudar os alunos a evitar erros como os que ele cometeu na mesma idade. Há alguns anos, começou a passar a tarde nos fliperamas e nas livrarias, lugares onde os alunos costumam arrumar encrenca depois das aulas. Ele se aproximava de cada um, falava sobre amor próprio e oferecia uma chance de começarem de novo. Ele era tão insistente que ganhou o apelido de Sr. Segunda Chance, e fizeram até um documentário na televisão sobre ele. Começou a escrever livros e ampliou o campo de seu trabalho para tentar alcançar mais alunos... Como? Você viu tudo isso na televisão semana passada? Ah, peço desculpas a quem já sabe da história... O quê? É verdade, deixei passar um ponto importante. No final do ano passado, quando Sakuranomi mal tinha completado trinta anos, o médico lhe disse que ele tinha apenas mais alguns meses de vida. Mas em vez de lamentar, ele decidiu dedicar o tempo que lhe restava aos alunos. Então deram a ele um novo apelido: o Santo. Você parece saber mesmo de tudo, Sr. Abe. Como? Se eu *admiro* o Sakuranomi? Se quero ser como ele? Essas perguntas são delicadas. Acho que eu queria aprender com a vida dele – mas só com a segunda metade.

Entendo a impressão que ele causa em alguns de vocês, e isso me faz pensar que talvez eu não tenha sido muito boa em alguns aspectos, principalmente se me compararem a alguém dedicado como ele. Como eu disse antes, ao me tornar professora, quis dar o melhor de mim no trabalho, sempre. Se um aluno ou uma aluna tinha algum problema, eu deixava de lado o plano de aula e tentava fazer toda a turma resolver aquele problema. Se alguém saía da sala, mesmo que fosse no meio da aula, eu ia atrás. Um dia percebi que ninguém é perfeito – pelo menos, eu não era. E quando a gente fala alguma coisa para um jovem, com toda a autoridade de uma professora, corremos o risco de aumentar o problema. Comecei a achar que era muito comodista e imprudente impor minhas opiniões aos alunos. Por fim, comecei a me culpar por talvez ser arrogante com as pessoas que eu deveria respeitar e tentar ajudar. Então, depois da minha licença, quando comecei a trabalhar aqui na Escola S., estabeleci duas regras básicas para mim mesma: primeiro, resolvi que sempre trataria meus alunos educadamente e usaria Sr. e Srta. antes dos nomes; segundo, eu os trataria como iguais. Parecem coisinhas pequenas, mas vocês ficariam surpresos se vissem como muitos alunos perceberam na mesma hora.

Você quer saber o que eles perceberam? Acho que descobriram a sensação de serem tratados com respeito. Ouvimos tanta gente falar de famílias abusivas que corremos o risco de achar que todas as crianças são maltratadas em casa. Mas a verdade é que a maioria das crianças hoje em dia é paparicada e mimada. Os pais imploram e só faltam ajoelhar para que os filhos estudem, comam, ou o que for. Talvez por isso os filhos demonstrem tão pouco respeito pelos pais e falem com os adultos no mesmo tom que usam para conversar com os colegas. E muitos professores entram no jogo – acham uma honra ganhar um apelido ou serem tratados de maneira informal pelos alunos na sala de aula.

Afinal, é isso que veem na televisão, em todos aqueles programas sobre professores descolados que são "amigões" dos alunos. Vocês sabem muito bem do que estou falando – um professor popular tem problema com uma turma, mas do meio do conflito surge uma relação de profunda confiança. E quando sobem os créditos finais, o resto da escola e as outras turmas do professor desaparecem, como se ele existisse apenas para aquele grupinho de bagunceiros. E o professor da televisão fala de sua vida pessoal até na sala de aula e mergulha nos sentimentos mais íntimos dos alunos. Vocês querem mesmo ouvir a história toda? Mas é claro que querem. Algum aluno mais sério resolve então perguntar qual é o sentido da vida... e a tagarelice continua. Na cena final, esse aluno mais sério acaba se desculpando com o bagunceiro por ter sido tão insensível, o que pode fazer todo o sentido na TV, mas e na vida real? Algum de vocês aqui já teve um problema pessoal tão grave a ponto de interromper a aula para conversar sobre o assunto? Eles dão muita ênfase às ovelhas negras e às desgarradas. Eu tenho muito mais respeito pelo aluno sério, que nunca dá problema para ninguém. Mas esses garotos nunca conseguem o papel principal, nem na TV, nem na vida. Já basta fazer com que o aluno bem-comportado duvide do valor de seus esforços.

As pessoas costumam falar sobre a confiança que se desenvolve entre aluno e professor. Quando meus alunos começaram a usar telefone celular, passei a receber mensagens do tipo "Quero morrer", ou "Não tenho motivo nenhum para viver" – gritos pedindo ajuda. Eu recebia essas mensagens no meio da noite, duas ou três da manhã, e não vou negar que minha vontade era de ignorá-las. Mas é claro que eu não podia. Eu estaria traindo esse "espírito de confiança".

É claro, os professores também começaram a receber mensagens muito mais maliciosas. Um dia, um jovem professor recebeu uma assim: a menina que escreveu disse que uma amiga estava em perigo e pediu para ele se encontrar com ela na entrada de um hotel barato no centro da cidade. Vocês podem até achar que ele devia ter tomado mais cuidado, mas ele era jovem, cheio de energia, e correu para ajudar – mas o objetivo de tudo era fotografá-lo junto com a garota naquele lugar comprometedor. Os pais dela apareceram na escola no dia seguinte, a polícia entrou no meio e o caso tomou uma proporção enorme. Os outros professores, é claro, sabiam que o colega tinha sido enganado. A gente sabia porque ele tinha contado que era transgênero – que nascera no corpo de um homem, mas na verdade era uma mulher. Mesmo naquela situação, não vimos motivo para contar a verdade. Ele mesmo estava determinado a defender sua honra de professor e acabou contando para os alunos e para os pais dos alunos. E toda essa tragédia, que teve um resultado desastroso para o professor, começou por causa de uma bobagem: uma menina que estava magoada porque ele a mandara parar de conversar durante a aula.

Como? Se a menina foi punida? Claro que não. Ao contrário, o professor e a escola foram responsabilizados – como podiam expor alunos tão jovens a essas aberrações sexuais... ou a gays... ou a mães solteiras, como eu? Os pais ignoraram o que a filha fez, colocaram a culpa na escola e acabaram ganhando – embora eu não ache apropriado falar em vencedores e perdedores numa situação como essa. O professor? Ele foi transferido no ano passado e hoje leciona em outra escola, como mulher.

Eu sei que é um exemplo exagerado, mas esse tipo de acusação acontece o tempo todo, e quando envolve professores, e não professoras, é muito difícil provar o contrário. Depois desse incidente, instituímos a regra de mandar sempre uma professora no lugar de um professor quando ele tiver de se encontrar com alguma aluna, e vice-versa. É por isso que temos dois professores e duas professoras para cada série. Se algum rapaz dessa turma quisesse se encontrar comigo em algum lugar, eu entraria em contato imediatamente com Tokura-sensei da Turma A para pedir que ele fosse no meu lugar; e se acontecesse a mesma coisa envolvendo uma aluna da Turma A, Tokura-sensei entraria em contato comigo. Entenderam? A gente nunca falou sobre isso, mas todo mundo achava que vocês acabariam descobrindo.

Agora os rapazes provavelmente estão se perguntando se valeria a pena me procurar quando tivessem algum problema, sabendo que Tokura-sensei apareceria no meu lugar. O que foi, Sr. Hasegawa? Sim, eu me lembro de quando você teve aquele problema na aula de educação física. Você me disse que era sério, mas, no quadro geral, era algo bem simples. Na verdade, duvido que precisem de mim mais do que duas ou três vezes no ano. Tenho certeza de que quando me mandam uma mensagem dizendo que querem morrer, vocês realmente acreditam de alguma forma que "a vida não tem sentido", como gostam de dizer. E tenho certeza de que, nessa cabecinha egoísta, vocês acham que estão completamente sozinhos nesse mundo gigantesco, e que seus problemas são avassaladores. Preciso dizer que pouco me interessa responder aos caprichos adolescentes de vocês; estou mais preocupada em vê-los crescer para um dia serem capazes de pensar no sentimento dos outros – por exemplo, no sentimento de quem recebe essas mensagens irresponsáveis no meio da noite. Para ser honesta, duvido que uma pessoa deveras desesperada, que esteja realmente pensando em fazer alguma coisa drástica, mande um e-mail contando o fato para a professora.

Agora vocês devem estar imaginando que nunca fui aquele tipo de professora que pensa nos alunos vinte e quatro horas por dia. Sempre houve alguém mais importante para mim – minha filha, Manami. Como sabem, eu fui mãe solteira. Descobri que estava grávida pouco antes de eu e o pai de Manami decidirmos nos casar. Ficamos um pouco decepcionados com o "casamento às pressas", como dizem, mas na verdade estávamos maravilhados com a possibilidade de termos um bebê. Comecei com o cuidado pré-natal, e achamos que faria sentido se meu noivo fizesse um exame geral. A gente não esperava, mas os exames revelaram que ele tinha uma doença terrível, e então paramos de falar no casamento. Se foi por causa da doença? Sim, foi esse o motivo. Se foi difícil para ele aceitar? Com certeza, Srta. Isaka. É claro que alguns noivos se casam mesmo quando alguém está doente. Escolhem encarar o problema juntos. Mas o que vocês fariam numa situação dessas? O que fariam se descobrissem que seu namorado ou sua namorada estivesse infectado com HIV? HIV, vírus da imunodeficiência humana, mais conhecida como aids. Mas a maioria aqui já deve saber do que se trata, por causa do romance que leram para fazer o trabalho do trimestre passado. Tantos alunos disseram no relatório que choraram com o final, que eu mesma resolvi ler o livro. Para quem escolheu o outro livro, vou resumir a história: é sobre uma garota que contrai HIV enquanto trabalha como prostituta, acaba desenvolvendo aids e morre.

Como assim? Você não acha que a história é simples assim? Acha que a heroína do livro desperta mais compaixão do que deixei transparecer? Entendo o que diz, mas se vocês sentiram tanta simpatia pela garota do livro, por que muitos se sobressaltaram na cadeira quando ouviram o que aconteceu com meu noivo? Se vocês têm tanta simpatia por alguém com aids, por que chegaram para trás quando descobriram que a professora aqui na frente transou com uma pessoa infectada com HIV?

Você parece particularmente incomodada, Srta. Hamazaki, sentada aí na primeira fila, mas não precisa prender a respiração. O HIV não é transmissível pelo ar. Na verdade, ninguém pega aids com aperto de mão, por causa de uma tosse ou um espirro, nem por compartilhar o banheiro, a piscina, por usar o mesmo prato, nem pela picada de um mosquito ou pelo contato com animais. Em geral, nem pelo beijo se transmite HIV. Ninguém pega aids por ter um contato mais próximo com uma pessoa infectada, e *nunca* ninguém pegou por simplesmente estar na mesma sala que uma pessoa infectada, embora eu saiba que no livro não se fala de nada disso. Me desculpem por fazer tanto suspense, mas eu também não estou infectada. Não fiquem tão chocados. É verdade que a relação sexual é um dos modos de transmissão do HIV, mas nem todo ato sexual resulta numa infecção.

Fiz um teste durante a gravidez e o resultado foi negativo, mas como era quase inacreditável, repeti o teste várias vezes. Foi só depois, quando descobri a verdadeira taxa de infecção através do sexo, que entendi por que escapei, mas não vou falar das estatísticas porque sei muito bem como vocês se deixam influenciar por elas. Se quiserem saber, fiquem à vontade para procurar sozinhos.

Meu noivo contraiu o vírus no exterior, numa época em que ele não se importava muito com a própria vida. Acho que era difícil aceitar que ele tinha feito algumas loucuras no passado. Foi um choque horrível descobrir que o homem com quem eu planejava me casar estava infectado com HIV, e apesar dos meus exames darem negativo, eu continuava preocupada. Mesmo depois de ter certeza que eu não tinha nada, passava noites e noites acordada pensando na criança no meu ventre. Embora eu nunca tivesse desrespeitado meu noivo, não vou negar que às vezes eu o odiava pelo que tinha feito. E acho que ele sentia isso. Ele me pedia desculpas o tempo inteiro e implorava para que eu tivesse o bebê. Mas confesso que a ideia de terminar a gravidez nunca me passou pela cabeça. Apesar do que os outros falam, para mim, aborto é assassinato.

Também preciso dizer que meu noivo não teve pena de si mesmo depois de descobrir que tinha aids. Ao contrário, parecia acreditar que estava simplesmente sofrendo as consequências de suas ações, e sempre teve o cuidado de diferenciar sua situação da de hemofílicos e outras pessoas que contraíram o vírus sem ter culpa nenhuma. Mesmo assim, não consigo imaginar o desespero que ele devia sentir.

Com o tempo, vi que eu estava agindo errado – em parte porque eu queria muito que meu bebê tivesse um pai – e disse a ele que deveríamos nos casar, pois, agora que entendíamos a situação, descobriríamos juntos uma forma de encarar o problema. Mas ele era teimoso e não aceitou, havia decidido terminantemente que a felicidade da criança estava acima de qualquer coisa. O preconceito com portadores de HIV no Japão é terrível – e se quiserem uma prova, basta se lembrarem de como prenderam a respiração agora há pouco, pensando que eu estava infectada. Mesmo que a criança não tivesse o vírus, como seria tratada quando todos soubessem que o pai tinha aids? Se fizesse amigos, será que seus pais os deixariam brincar com ela? Quando tivesse idade escolar, será que as outras crianças, ou até os professores, a tratariam mal e a obrigariam a sair da lanchonete, da aula de educação física ou de algum outro lugar onde pudesse ocorrer algum problema? É claro, uma criança sem pai já enfrenta algum preconceito, mas os desafios são muito mais simples, e no final é muito mais fácil ser aceita. De todo modo, decidimos cancelar o casamento. Eu cuidaria sozinha da minha filha.

Quando Manami nasceu, os exames mostraram que ela também não tinha HIV. Vocês não fazem ideia do quanto fiquei aliviada. Me convenci de que seria a melhor mãe do mundo para ela, que a protegeria a todo custo, e depositei todo meu amor na minha filha.

Se me perguntassem quem era mais importante, meus alunos ou minha filha, eu teria respondido sem pestanejar que minha filha era muito mais importante. O que, obviamente, era natural.

Manami me perguntou só uma vez sobre o pai. Eu disse que ele trabalhava muito, que trabalhava tanto que não conseguia visitá-la. O que, no fundo, não era mentira. Depois de abdicar do direito de ser o pai de Manami, ele se afundou no trabalho como se o resto de sua vida dependesse disso. Mas o sacrifício dele acabou não fazendo sentido nenhum.

Manami não está mais com a gente.

Quando Manami completou um ano de idade, eu a coloquei numa creche e voltei a lecionar. Nas grandes cidades, as creches cuidam das crianças até anoitecer, mas aqui no interior, o horário máximo é seis horas. Consultei uma agência de empregos para senhoras que procuram emprego de meio período e encontrei a Sra. Takenaka. Ela mora bem atrás da piscina da escola. Sim, isso mesmo, aquela casa com um cachorrão preto chamado Muku. Eu sei que alguns de vocês já deram as sobras do lanche para Muku, passando pela cerca.

Às quatro horas, quando a creche fechava, a Sra. Takenaka pegava Manami e ficava com ela até eu sair do trabalho. As duas ficaram bastante apegadas. Manami adorava a Sra. Takenaka e a chamava de vovó, e também adorava Muku, e tinha orgulho das vezes em que a Sra. Takenaka a deixava alimentá-lo. Esse esquema durou três anos, mas no começo deste ano, a Sra. Takenaka adoeceu e foi internada no hospital.

Como éramos muito próximas, não me senti confortável em procurar uma substituta simplesmente por ela ficar de cama algumas semanas, então decidi que eu mesma buscaria Manami na creche enquanto a Sra. Takenaka melhorava. De modo geral, tudo funcionou muito bem, pois a creche se dispôs a ficar com Manami até as seis, e nesse horário eu costumava já ter acabado meus afazeres na escola. Mas a reunião de professores às quartas durava até mais tarde, então nesse dia eu pegava Manami às quatro e a deixava esperando por mim na enfermaria. Srta. Naitō e Srta. Matsukawa, vocês costumavam brincar com ela nesses dias, não é? Muito obrigada, de verdade. Ela adorava aquelas tardes. Uma vez ela me contou que vocês disseram que ela se parecia com o personagem predileto dela, o Coelhinho Fofo. Ela ficou felicíssima.

Por favor, não chorem, meninas. São boas lembranças.

Manami adorava coelhos e adorava tudo que era macio e peludinho. Então é claro que gostava do Coelhinho Fofo, mas não era diferente da maioria das meninas no Japão, até as do ensino médio. Tudo que ela usava – a mochila, o lencinho, os sapatos, até as meias – tinha a carinha do coelho. Ela pulava no meu colo toda manhã com as presilhas de coelhinho e me pedia para prender seu cabelo, e nos fins de semana, quando íamos ao shopping, ela sempre via algum produto novo do Coelhinho Fofo que enchia seus olhos de brilho.

Cerca de uma semana antes de Manami morrer, nós fomos passear no shopping. Havia uma vitrine cheia de chocolates, incluindo uma variedade enorme de embalagens especiais, provavelmente para meninas que quisessem presentear outras meninas, e não para os garotos. Manami correu até a vitrine e logo viu um Coelhinho Fofo – uma barra de chocolate branco na forma do coelhinho, que vinha dentro de uma pochete felpuda também na forma do coelhinho. É claro que ela quis que eu comprasse, mas tínhamos uma regra: ela só podia comprar um produto quando fôssemos ao shopping, e eu já tinha comprado um moletom do coelhinho – aquele cor-de-rosa, que ela estava usando no dia em que morreu. Falei que compraria o chocolate da próxima vez que fôssemos ao shopping e comecei a afastá-la da vitrine.

Normalmente, ela me seguiria sem reclamar. Mas, por algum motivo, naquele dia foi diferente. Ela se sentou no meio da loja e começou a chorar, dizendo que não queria o moletom e que era para eu comprar o chocolate. Mas regras são regras, e eu não ia deixar ela se dar bem com esse tipo de comportamento. Pensei comigo mesma que compraria o chocolate depois, quando estivesse sozinha, e daria para ela no Valentine's Day, 14 de fevereiro.

Eu a lembrei da nossa regra e disse que ela precisava se comportar. Como mãe, eu teria de aprender que havia uma diferença muito clara entre amar nossos filhos e *mimá-los*. Mas, nesse instante, você, Sr. Shitamura, por acaso apareceu do nada. Acho que você estava observando tudo, porque surgiu de repente e deu sua opinião sem que ninguém pedisse. Deve ter pensado que eu estava sendo irracional por negar a Manami uma coisa que custava apenas 700 ienes. Felizmente, Manami ficou com vergonha quando você a viu sentada no chão dando um chilique, acalmou-se e se levantou. "Tudo bem", ela disse, enchendo as bochechas de ar e fazendo aquele biquinho. "Mas da próxima vez eu vou querer, com certeza". Depois sorriu para você, acenou e fomos embora.

É claro que me arrependi de não ter comprado o chocolate naquele dia. Quando o Valentine's Day chegou, Manami já tinha partido.

A reunião de professores acabou antes das seis naquele dia. As enfermeiras da escola participaram da reunião, por isso a enfermaria estava vazia. Mas várias alunas tinham a bondade de cuidar de Manami até a escola fechar, às seis, então ela reclamava por ter ficado sozinha ou entediada, e estava sempre me esperando quietinha quando eu saía da reunião. Naquele dia, no entanto, ela não estava na enfermaria. Olhei no banheiro, mas ela também não estava lá. As atividades da escola estavam quase acabando, e pensei que ela poderia ter saído para procurar as meninas em alguma sala. Comecei a procurar em todas as salas, sem me preocupar muito com a situação. Encontrei vocês, Srta. Naitō e a Srta. Matsukawa, e vocês me disseram que foram brincar com Manami na enfermaria por volta das cinco horas, e como não a encontraram lá, acharam que ela não tinha vindo para a escola naquele dia. E se juntaram a mim na busca por ela.

Já estava escuro, mas ainda havia algumas pessoas na escola – todos começaram a procurar. Sr. Hoshino, foi você que a encontrou depois da partida de beisebol. Você disse que a tinha visto naquele dia vindo da direção da piscina, e foi comigo até lá procurá-la. O portão estava fechado por causa do inverno. Tivemos que escalar a cerca e pular, mas como a corrente do portão estava folgada, uma criança pequena como Manami passaria facilmente pela fresta. A piscina estava cheia, mesmo que não houvesse mais aulas de natação até o fim do ano. A água estava escura e turva, mas ninguém esvaziava a piscina por motivo de segurança: a água podia ser usada em caso de incêndio.

Encontramos Manami boiando na superfície. Nós a retiramos da água o mais rápido possível, mas o corpo dela estava gelado, e o coração tinha parado. Mesmo assim, continuei chamando seu nome, tentando reanimá-la. Apesar do choque de ver o corpo de Manami, o Sr. Hoshino saiu correndo para chamar os outros professores. Já no hospital, Manami foi dada como morta por afogamento. Como não havia marcas de agressão, a polícia concluiu que ela caiu na piscina por acidente.

Já estava escuro quando encontramos Manami. Como eu estava perturbada, não havia motivo para perceber isso, mas eu me lembro de ver o focinho de Muku farejando entre a cerca que separava o jardim da Sra. Takenaka da piscina da escola. Os policiais encontraram pedacinhos de pão naquela área, do mesmo tipo que a creche serviu para Manami naquele dia. Vários alunos disseram ter visto Manami na área da piscina, e concluímos que ela tinha o hábito de ir até lá toda semana. Os vizinhos cuidavam de Muku enquanto a Sra. Takenaka estava no hospital, mas não havia como Manami saber disso, e talvez tivesse pensado que o cachorro morreria de fome se ela não desse pão a ele. Deve ter ficado com medo de eu brigar se descobrisse, então ela sempre ia sozinha e evitava que a vissem. Segundo os alunos que viram esses pequenos passeios, ela nunca ficava por lá mais do que dez minutos.

Obviamente, eu não sabia de nada disso. Quando perguntava o que tinha feito enquanto me esperava, ela se virava para mim com os olhinhos travessos e dizia que estava brincando com as garotas. Eu devia ter percebido que estava escondendo alguma coisa e pressionado um pouco mais. Se eu tivesse feito isso, talvez ela não fosse à piscina naquele dia.

Manami morreu porque eu deveria estar cuidando dela e não fui vigilante o suficiente. Também lamento muito o choque que isso causou na escola toda. Já se passou mais de um mês, e ainda estico o braço no futon toda manhã na esperança de encontrar Manami aninhada comigo. Quando íamos dormir à noite, ela sempre encostava o corpo no meu, para garantir que estivéssemos nos tocando de alguma maneira; se eu me afastasse um pouco, ela se encostava em mim de novo. Quando eu cedia e segurava sua mão, ela relaxava e caía no sono. Toda manhã eu choro quando estico o braço e percebo que nunca mais sentirei as bochechas suaves dela, ou seu cabelo macio.

Quando pedi minha demissão ao diretor, ele me perguntou se era por causa do que tinha acontecido com Manami – exatamente o que vocês pensaram hoje, Srta. Kitahara. É verdade que resolvi sair por causa da morte de Manami. Mas também é verdade que se a situação fosse outra, provavelmente eu continuaria lecionando para expiar minha culpa, distrair minha mente. Então por que pedi demissão?

Porque a morte de Manami não foi acidente. Ela foi assassinada por alguns alunos desta turma...

Fico pensando em quantos de vocês sabem sobre os limites de idade que a sociedade impõe a certas coisas, e como se sentem em relação a esses limites. Por exemplo, quantos anos vocês precisam ter para comprar bebidas alcoólicas? Sr. Nishio? Isso mesmo, vinte anos. Fico feliz que conheçam essas regras. No Japão, as pessoas são consideradas adultas perante a lei quando completam vinte anos, e todo ano os jornais mostram na televisão um monte de novos adultos se embriagando e passando ridículo no Réveillon, quando comemoram a maturidade.

Pode parecer esquisito que esses jovens todos se esbaldem, como que seguindo uma deixa, exatamente nesse momento da vida, e é claro que o fato de estarem sendo filmados pela televisão tem alguma coisa a ver com isso. Mas também é verdade que esse espetáculo todo nunca aconteceria se não tivéssemos uma regra que proíbe as pessoas de beber antes dos vinte anos. O fato de a sociedade permitir o consumo de álcool a partir dos vinte não significa que ela aconselhe as pessoas a beber, ou a ficarem bêbadas. Mesmo assim, o limite legal para beber ajuda muito a promover a ideia de que estarão perdendo alguma coisa se *não beberem* quando ficarem mais velhos, mesmo que não sintam vontade nenhuma de usar álcool. Mas acho que o limite de idade tem um propósito – sem ele, alguns de vocês poderiam aparecer bêbados aqui no meio da aula. E imagino que alguns de vocês não dão a mínima para o que diz a lei e já começaram a beber, talvez incitados por um tio ou um amigo mais velho. Acho que é muito idealista achar que as pessoas desenvolvem sozinhas seu senso de ética.

Creio que estou sendo muito vaga e que vocês não entendem o que estou querendo dizer.

Ou talvez estejam tão ocupados imaginando a identidade dos assassinos que não conseguem pensar em outra coisa. Devem estar com medo de estar na mesma sala que alguém capaz de cometer esse crime, mas imagino que a curiosidade esteja controlando todos vocês agora. Também vejo no rosto de vocês que alguns já desconfiam dos assassinos, e outros até já sabem quem são. Mas o que me choca mesmo é ver os assassinos sentados aí, calmamente, enquanto conto toda essa história.

Talvez "chocar" não seja o verbo exato; acho que não estou nem um pouco chocada. Porque também sei que um dos dois assassinos na verdade queria que tudo fosse descoberto. Já o outro, que ficou pálido há poucos minutos, quando falei que sabia o que fizeram, parece até que vai desmaiar. Mas não se preocupem. Não vou revelar o nome de vocês agora, na frente da turma inteira.

Todos devem saber alguma coisa sobre a Lei Juvenil, não é?

A lei se baseia na ideia de que adolescentes ainda são imaturos e estão no processo de se tornarem adultos, então, quando necessário, o Estado, no lugar dos pais, deve encontrar a melhor maneira de reabilitar jovens infratores. Quando eu era jovem, isso significava que o adolescente que cometesse algum crime antes dos dezesseis anos, mesmo que fosse um assassinato, era atendido pela Vara da Família e muitas vezes nem ia parar nos centros para jovens infratores. A

Lei Juvenil mudou completamente na década de 1990, quando adolescentes de quatorze e quinze anos começaram a cometer os crimes mais horrendos. Vocês eram novinhos, mas tenho certeza de que muitos devem ter ouvido falar do que aconteceu em Kōbe, onde um rapaz, uma criança ainda, matou várias crianças e decapitou uma delas. Sei que vocês saberiam do que estou falando se eu mencionasse o nome que o assassino usava nos bilhetes de ameaça que escrevia. Esse caso e outros parecidos deram início a um debate sobre a necessidade de mudar a Lei Juvenil. Em abril de 2001, o governo aprovou uma nova versão que reduzia a maioridade penal de dezesseis para quatorze anos.

Mas a maioria aqui tem treze anos. Então, o que significa a idade, exatamente?

Acho que devem se lembrar de um caso mais recente, a história do envenenamento de uma família inteira, no ano passado. A menina que cometeu o crime era da idade de vocês e estava no sétimo ano. Durante as férias de verão, ela começou a misturar um tipo de veneno no jantar da família e a escrever num blog as mudanças que observava nas vítimas. Mas parece que ficou decepcionada com os efeitos do veneno. Então, uma noite, acabou misturando cianeto de potássio no curry e matou os pais, a avó e o irmão pequeno, que ainda estava no jardim de infância. Vocês devem se lembrar da última coisa que ela escreveu no blog: "O cianeto deu certo!". Os jornais e a televisão só falaram nisso durante semanas. Isso mesmo, Srta. Sonezaki, foi o caso da Luna, como ficou conhecido, vocês se lembram bem desse nome. Na mitologia romana, Luna representa a lua ou a deusa da lua. O adjetivo "lunático" passou a significar "louco", "psicótico" e até "inconstante". A TV e os jornais escolheram a palavra porque ela a usou no blog, e muita gente especulou que ela devia ter dupla personalidade – o que mais explicaria uma menina tranquila e séria se transformar numa lunática desequilibrada?

O caso todo se transformou num espetáculo midiático. E talvez algumas pessoas aqui na sala saibam o que aconteceu com ela, qual foi a punição que recebeu. Apesar da publicidade e do nome extravagante do caso, como ela era menor de idade, seu nome nunca foi divulgado, e nenhuma fotografia de seu rosto apareceu na imprensa. Só vimos relatos exagerados do crime e conjecturas vagas sobre o estado mental da garota, até que a história foi desaparecendo junto com todo o conhecimento da verdade.

Mas esse tipo de reportagem e de informação pública é mesmo necessário? A única coisa que a imprensa fez foi plantar na cabeça das crianças a existência desse tipo de crime desumano e encorajar uma minoria risível de pessoas parecidas que admiram ou idolatram esse tipo de crime irracional. Se querem saber minha opinião, já que vamos esconder o nome e a imagem desses menores criminosos, também deveríamos evitar a divulgação dos apelidos chamativos que eles usam para anunciar seus crimes. Ela se chamava de "Luna" no blog, mas como só podia ser identificada na imprensa como "Srta. A", talvez devessem inventar algum apelido humilhante para o nome que ela usava no blog. Poderiam cobrir com uma tarja a palavra "Luna", ou substituí-la por "Fracassada" ou "Imbecil". Digo o mesmo para o caso da decapitação em Kōbe, a gente devia ter rido dos desenhos ridículos e dos sorrisinhos que aquele garoto patético usou para assinar os bilhetes.

Que imagem surge na cabeça das pessoas quando tentam imaginar o rosto da garota Luna? Pensem por um momento. Uma garota jovem e bonita chamaria a si mesma de lunática? Se a lei proíbe a imprensa de divulgar a imagem de menores assassinos, por que nos deixa imaginar alguém bonito? Divulgam uma imagem falsa em vez de uma lunática abominável, de sorriso arreganhado e cara de demônia. Por que não mostrar exatamente com o que se parece esse tipo de ser humano? Se em vez disso optamos por mimá-los e paparicá-los, não estamos apenas alimentando seu narcisismo? E não haveria ainda mais crianças tolas no mundo para idolatrá-los? Afinal de contas, quando uma criança comete esse tipo de crime, não deveria ser responsabilidade do mundo adulto lidar com a questão da forma mais discreta possível e fazer o criminoso entender com muita clareza a gravidade do que fez? Essa menina Luna vai passar alguns anos em algum centro de infratores, talvez escreva um pedido de desculpas e depois será solta e reintegrada à sociedade sabendo que escapou impune.

Vocês provavelmente não sabem, mas a maior crítica durante esse caso não foi à garota em si, mas ao seu professor de ciências do ensino médio. Vou chamá-lo de T para proteger sua identidade, mas todos sabiam que a seriedade de T como professor era um pouco fora do comum – ele só se preocupava com a realização acadêmica dos alunos, e reclamou muitas vezes que o currículo de ciências era tolhido por causa da obsessão com a segurança, e por causa disso os professores só podiam realizar em sala de aula os experimentos simples e inofensivos.

Se eu o conhecia? Na verdade, tive a chance de conversar com ele na Feira Nacional de Ciências poucos dias antes de o incidente acontecer. A garota disse a T que havia esquecido o caderno na sala e perguntou se podia entrar para pegar. Ele estava no meio de uma reunião de pais e, como era uma aluna estudiosa e comportada, entregou a ela seu chaveiro sem pensar duas vezes. A polícia descobriu que ela comprava a maioria dos produtos de seu coquetel de veneno na farmácia local ou pela internet, mas conseguiu o cianeto de potássio no laboratório da escola, e T foi condenado por todo mundo por ser relaxado demais com uma substância tão perigosa.

E não parou por aí. Surgiram boatos horrorosos, e falsos, de que ele teria seduzido a garota, e T acabou sendo obrigado a largar o emprego. Ele sofre até hoje as consequências, mesmo que a atenção da imprensa tenha acabado. A esposa dele, que não conseguiu lidar com as calúnias infindáveis, está internada no hospital com esgotamento nervoso, e o filho mudou de escola e foi morar com uma tia em outra região. Hoje ele não tem mais o sobrenome do pai, só o da mãe. Pouco tempo depois, todos os professores de ciências receberam uma circular da Secretaria de Educação exigindo um inventário periódico de todos os produtos químicos controlados ou potencialmente nocivos.

Para ser sincera, ninguém precisa de cianeto de potássio no laboratório da escola, e por mais que T tivesse seus motivos para manter a substância, entendo perfeitamente a razão de questionarem o fato de ele ter entregado as chaves com tanta facilidade. Embora a gente não tenha cianeto de potássio aqui na escola, temos outras coisas que poderiam ser usadas para matar alguém. Guardamos a chave do armário de produtos químicos numa gaveta à qual os alunos não têm acesso, mas e se o vidro fosse quebrado por algum aluno... como prever o que aconteceria? Mesmo que eliminássemos todos os produtos perigosos, ainda restariam as facas da lanchonete, ou as cordas de pular no ginásio, que poderiam muito bem ser usadas para enforcar alguém. E se vocês trazem um canivete para a escola, nenhum professor tem direito de confiscá-lo. Vocês poderiam entrar aqui com um canivete já dispostos a matar alguém, mas se disserem que só estão tentando se proteger de algum ataque no caminho para a escola, não podemos fazer nada. Se reclamamos com nossos superiores, eles dizem para "ficarmos mais atentas". Só se vocês usarem o canivete para machucar alguém, ou se acontecer algum acidente, é que temos o direito de tirá-lo de vocês – mas aí é tarde demais, e com certeza alguém vai nos criticar por não termos evitado uma tragédia, já que sabíamos do canivete. De quem é a culpa nesses casos? De professores negligentes?

Será que a morte de Manami foi mesmo minha culpa? O que eu deveria ter feito?

O velório de Manami foi privado e muito tranquilo. Sei que muitos de vocês queriam ir, e sinto muito por não poder convidar ninguém. Uma parte de mim queria que todos pudessem se despedir dela, mas achei que a presença do pai dela era mais importante. Eles só tinham se encontrado uma vez, no final do ano passado. Eu não sabia de nada, e só me dei conta quando estava assistindo televisão com Manami certa noite e ela apontou de repente para a tela.

"Conheci esse moço ali", disse ela. Achei que meu coração ia parar. Perguntei o que tinha acontecido, e ela disse que ele estava do outro lado da cerca na creche, olhando ela brincar no balanço. Quando os dois se viram por acaso, ele acenou para que ela fosse até a cerca. Manami não entendeu como ele sabia o nome dela, e ele perguntou se ela estava feliz. Ela disse que sim, e ele sorriu. "Que bom!", disse ele, e foi embora.

Tive quase certeza de que esse homem era o pai dela. A segurança da creche foi reforçada recentemente, e até os moradores da vizinhança são questionados quando ficam parados muito tempo perto da cerca. Mesmo assim, o pai de Manami dificilmente levantaria alguma suspeita. E mesmo se alguém o abordasse, ele poderia inventar alguma desculpa, e quando fosse reconhecido, seria convidado para entrar por ser um professor famoso.

Depois de ouvir a história de Manami, fiquei imaginando como devia estar a saúde do pai dela, e pela primeira vez desde que nos separamos – pela primeira vez em cinco anos –, eu telefonei para ele. Foi quando descobri que ele já estava sofrendo dos sintomas da aids. A personagem do livro que vocês leram adoeceu rapidamente, mas na verdade o período de incubação do vírus varia de cinco a dez anos. No caso dele, demorou quase quatorze anos, um tempo bem longo. Bem, eu não soube direito o que dizer quando ele me contou, mas antes mesmo de responder qualquer coisa ele me prometeu, com uma voz triste, que nunca mais tentaria ver Manami. Não havia nenhum sinal do homem cheio de energia que aparece na televisão. Perguntei se ele gostaria de viajar com a gente nas férias de inverno para algum lugar. Não ofereci por ter pena de um homem que estava morrendo – eu só queria passar alguns momentos com ele como se fôssemos uma família. Ele recusou com o mesmo tom de voz.

A primeira vez que ele abraçou Manami foi depois que ela já tinha morrido. Ele velou o corpo junto comigo naquela mesma noite. Abraçou-a, chorou e pôs a culpa pelo ocorrido em seu próprio passado cheio de faltas. Dizem que quando as lágrimas acabam a gente para de chorar, mas parece que isso nunca aconteceu conosco. Nós dois nos vimos nutrindo a vã esperança de que as lágrimas acabassem, e nos arrependendo amargamente de nunca termos passado um momento juntos, a três.

Acho que já falei demais dos meus arrependimentos para vocês.

Depois do funeral, muitas pessoas foram até minha casa para oferecer seus sentimentos, inclusive as professoras da creche e os coleguinhas de classe. Pedimos que ninguém levasse dinheiro para contribuir com as despesas, como manda a tradição, então todos levaram coelhinhos de pelúcia e doces, e colocaram na frente da foto de Manami. Acho que ela descansa mais tranquila cercada dos coelhinhos que tanto amava, ou pelo menos é o que digo para mim mesma.

A Sra. Takenaka foi me visitar na semana passada assim que saiu do hospital, exatamente um mês depois da morte de Manami. Ela se ajoelhou diante do meu altar, chorou e pediu desculpas ao espírito de Manami. Ela leu nos jornais que Manami tinha ido até a área da piscina para alimentar o cão, e foi consumida pela sensação de ter sido um pouco responsável pela morte de Manami. Como o incidente ocorreu dentro da escola e eu estava exausta, pedi para o diretor verificar as matérias para mim antes de serem publicadas, mas quando soube que a Sra. Takenaka havia lido tudo, me arrependi. Aí estão eles de novo – mais arrependimentos.

A Sra. Takenaka juntou todas as coisas que Manami tinha deixado na casa dela e levou para mim numa sacola de papel. Uma muda de roupas e uma calcinha, os pauzinhos e a colher, bichos de pelúcia e alguns brinquedinhos. Mas no meio desses objetos que eu tanto conhecia, hoje transformados em lembranças dolorosas, havia um que não me era familiar: uma pochete no formato da cabeça do Coelhinho Fofo, feita de um tecido aveludado e macio. Exatamente a pochete que Manami queria, a pochete que me recusei a comprar. Por que havia uma delas na sacola da Sra. Takenaka? Manami sempre me contava quando a Sra. Takenaka ou outra pessoa lhe dava alguma coisa, mesmo que fosse um pedacinho de doce. A pochete, disse a Sra. Takenaka, apareceu na casinha de Muku, o que explicaria o fato de ela estar um pouco desgastada em alguns pontos. Mas ela achou que Manami poderia sentir falta, então levou para colocar no altar junto com as outras coisas, apesar dos estragos.

Agradeci por ela ser tão bondosa com Manami e por me visitar depois de recuperada, e a levei de carro até sua casa. Muku estava brincando com uma bola de beisebol no quintal coberto de grama. Segundo a Sra. Takenaka, a bola tinha vindo da escola, mas achei improvável que até o melhor batedor do time pudesse acertar uma bola e fazê-la ultrapassar as redes, a piscina e cair no quintal. Ela explicou que às vezes via alguns alunos limpando a piscina depois da aula e brincando no deque com algumas bolas – provavelmente aquela devia ser deles. A punição para pequenas infrações na escola era a tarefa de limpar a piscina ou o ginásio de esportes, e eu tinha me esquecido de que alguns alunos desta turma tinham recebido essa punição nos últimos meses.

Será que Manami estava sozinha na piscina naquele dia? De repente, comecei a duvidar disso. Quando cheguei em casa, examinei com cuidado a pochete de coelhinho. Ela era mesmo de Manami? Se sim, quem havia comprado para ela? Segurando-a, percebi que estava pesada demais. Abri o zíper e encontrei, por baixo do tecido fininho do forro, uma espécie de circuito. Lutando contra uma suspeita horrível, vim para a escola no dia seguinte e chamei dois alunos para conversar separadamente...

Pelo barulho lá fora, parece que as outras turmas estão saindo. Se algum de vocês tiver alguma atividade agora, algum curso depois da aula ou simplesmente quiser sair, pode ir embora. Sei que o assunto é desagradável e que estou falando disso há muito tempo. O que tenho para falar agora é ainda mais desagradável – se não quiserem escutar, podem sair. Ninguém? Vou concluir que estão ficando por livre e espontânea vontade.

A partir de agora, vou chamar os dois assassinos de A e B.

Não havia nada em A que me chamasse a atenção em seus primeiros meses aqui na escola. Pelo que parecia, ele tentava impressionar os outros meninos da sala, mas eu não sabia disso e só comecei a notá-lo melhor depois das provas do primeiro trimestre. Ele tirou dez em tudo, e como foi o único da série inteira a conseguir essa proeza, não só vocês aqui na sala souberam das notas dele, mas as outras turmas também. Sei que a maioria aqui sentiu orgulho por ele, mas descobri que alguns alunos das outras turmas não gostaram muito disso. O comentário de outro aluno, que vou chamar de C, chegou até mim. Aparentemente, C já havia estudado com A, e disse que A tinha uma vantagem injusta porque fazia "experimentos com animais vivos". Fiquei muito preocupada quando ouvi isso e chamei C para conversar comigo no laboratório de ciências. Ele só concordou em falar do que sabia se eu não contasse para ninguém. E então ele me falou que, no sexto ano, A inventou um dispositivo que chamava de Máquina Mortífera: pegava gatos e cachorros da vizinhança e os torturava até a morte. C começou a falar com tranquilidade, de cabeça baixa e olhando para a mesa, mas aos poucos foi ficando agitado. "Ele fotografava os bichos mortos e *postava no site dele*!", concluiu C, como se descrevesse uma descoberta própria, e eu me lembro de sentir arrepios por notar o quanto ele admirava o que A tinha feito.

Fiz ele me contar qual era o site antes de ir embora, depois corri até o computador na sala dos professores para dar uma olhada. Não havia nada lá, apenas uma mensagem escrita com uma fonte macabra: "Nova máquina em desenvolvimento. Aguardem". Não havia nada mencionando esse fato nos documentos que recebemos da escola onde A estudou antes, mas, por precaução, telefonei para o professor conselheiro da turma dele de sexto ano. "Não, nunca ouvi nada disso. Ele era um aluno excelente e tirava notas ótimas", ele respondeu, sem nenhum interesse na minha ligação. Nas semanas seguintes, fiquei de olho em A, mas, como já disse, ele é um garoto sério que parece se comportar muito bem na escola e na vida em geral – um aluno exemplar, na verdade –, e em pouco tempo eu já não prestava atenção nele. Vocês podem até me chamar de ingênua, mas eu estava ocupada demais com outras coisas na escola.

Um dia, mais ou menos em meados de junho, eu estava sozinha no laboratório preparando um experimento para a turma do nono ano quando A veio até mim. Ele observou o experimento com muito interesse, depois me perguntou o que eu tinha estudado na faculdade.

Quando disse que havia me formado em química, ele perguntou se eu entendia de dispositivos elétricos. Eu tinha estudado física também, mas quando me lembrei que o pai de A era dono de uma loja de eletrônicos, respondi que ele devia saber muito mais do que eu.

Nesse momento, ele pegou um porta-moedas pequeno, feito de couro sintético, com um zíper. Uma bolsinha que não tinha nada de mais, era do tipo que a gente compra em qualquer lugar. Perguntei o que era aquilo e ele esticou a mão para mim. "Abra", disse ele. "Tem uma surpresinha aí dentro". Eu sabia que era algum truque e peguei a bolsinha com todo o cuidado. Parecia pesada demais para o tamanho que tinha, e imaginei que devia haver alguma coisa dentro. Torcendo para não levar um susto com um sapo ou uma aranha, segurei a ponta do zíper e levei um choque. De início, pensei que pudesse ser eletricidade estática, o que seria impossível num dia chuvoso do mês de junho. Enquanto olhava para a bolsinha e para os meus dedos, A me disse:

"Muito legal, não é? Demorei mais de três meses para fazer". Ele parecia orgulhoso de si. "Mas o choque nem foi tão forte assim, achei que seria maior". Mal consegui acreditar no que tinha escutado.

"Quer dizer que você estava me usando de cobaia?"

"O que é que tem?", disse ele, rindo, na maior tranquilidade. "Vocês não ingerem substâncias ou levam choque o tempo todo fazendo experimentos de química e biologia? É só controlar a quantidade."

Lembrei-me do que C tinha me dito e do site que falava sobre uma nova máquina em desenvolvimento.

"Por que você criou uma coisa perigosa desse jeito?", perguntei. "O que está planejando fazer? Matar animais pequenos?" Meus dedos ainda latejavam por causa do choque.

A deu um showzinho exagerado como se estivesse surpreso, parecia um comediante imitando uma pessoa perplexa. "Por que você ficou tão irritada?", disse ele. "Não acredito que você não achou legal. Deixa pra lá, vou mostrar pra quem goste." Depois puxou a bolsinha da minha mão e saiu.

Na reunião de professores daquela semana, contei que A tinha feito um porta-moedas que dava choque, expliquei como aquilo podia ser perigoso, e também relatei o que ele fazia no sexto ano, de acordo com o que C havia me contado. Mas eles acharam que eu estava falando do equivalente a um choque de estática... o diretor mandou darmos a ele uma advertência mais severa e vigiar seu comportamento. Eu também telefonei para os pais de A, não para acusá-lo, mas para que soubessem que os experimentos do filho podiam ser perigosos, e pedir que ficassem de olho no que ele estava fazendo. A mãe dele não foi muito gentil comigo.

"Impressionante você me ligar para falar disso... deve estar muito à toa mesmo", ela disse, cuspindo ironia. "Principalmente por você ter sua própria filha para cuidar."

Comecei a visitar o site de A todos os dias. Quando ele disse que mostraria a bolsinha "para quem goste", achei que ele postaria na internet. Mas o site continuava com a mesma mensagem de antes. "Aguardem."

Na semana seguinte, A apareceu de novo com a bolsinha, uma pasta e um documento, pedindo que eu assinasse. Era o formulário de inscrição da Feira Nacional de Ciências, que estava anunciada num cartaz afixado no fundo da sala, e o prazo de inscrição terminava no final de junho. Como faltava pouco tempo, eu mencionei a competição rapidamente em sala de aula. Jamais pensaria que A quisesse se inscrever com aquela bolsinha.

No espaço do título, ele tinha escrito: "Porta-moedas que dá choque". Em "Objetivos", ele escreveu: "Para proteger seu dinheiro dos ladrões". Todo o formulário estava preenchido, menos o espaço com o nome e a assinatura do professor responsável. Ele havia aprimorado o projeto, e na descrição dos materiais mencionava uma trava de segurança que o dono podia usar para abrir a bolsinha, mas quem tentasse puxar o zíper sem acionar a trava, levaria um choque. Também havia uma descrição detalhada do projeto e da fabricação, com ilustrações muito bem-feitas.

No final, ele escreveu sobre os problemas pendentes, principalmente o fato de o zíper dar um único choque. Propôs continuar trabalhando no protótipo quando entrasse para a faculdade e tivesse conhecimento técnico suficiente, e concluiu com o que considero um floreio infantil proposital: "Vou continuar melhorando a minha invenção até que minha avó possa usá-la sem se preocupar". O formulário estava preenchido à mão, mas eu sabia que A tinha um computador em casa, e notei que havia se esforçado para parecer um aluno bem aplicado.

"Sei que você não me ajudou com o projeto", disse A depois que olhei rapidamente o formulário. "Mas alguém precisa assinar, e você é a professora conselheira e ainda dá aulas de ciências. Por favor..." Olhei para a folha de papel, sem saber o que fazer, e ele continuou: "Fiz com a melhor das intenções, para proteger as coisas das crianças. Mas você falou que é perigoso. Deixa os jurados decidirem então". Parecia uma afronta, quase uma declaração de guerra. No fim, ele ganhou e eu perdi. O "Porta-moedas que dá choque" ganhou o Prêmio Regional, que era a primeira etapa, e foi exibido na competição nacional. O projeto foi elogiadíssimo e recebeu menção honrosa, o equivalente a terceiro lugar no país.

Chamei A até o laboratório para descobrir a verdade sobre a morte de Manami. Naquele momento, achei que estava fazendo a coisa certa, mas na verdade eu estava tentando lidar com minha própria culpa.

Ao meio-dia, depois das aulas da manhã, ele entrou no laboratório com um sorriso inocente aberto no rosto. Mostrei para ele a pochete do Coelhinho Fofo.

"Abra. Tem uma surpresinha aí dentro", falei, repetindo o que ele havia me dito, mas, é claro, ele se recusou a tocar na pochete. Uma vergonha, de verdade. Ele havia melhorado a invenção, aumentado a potência, igualando à de uma arma de choque. Nada muito difícil. Com uma pesquisa básica, qualquer pessoa conseguiria fazer isso, mas a pergunta é por que alguém gostaria de fazer isso.

Quando percebeu o motivo de eu o ter chamado, A começou a contar a história num tom de vitória, como se estivesse esperando aquela oportunidade há muito tempo. Como eu suspeitava, o porta-moedas que ele tinha mandado para a feira de ciências era o protótipo de sua nova Máquina Mortífera.

Quando terminou de fazer o primeiro modelo, testou nos colegas com quem jogava videogame. Eles ficaram impressionados, mas não o suficiente para satisfazer A – ele não tinha criado uma simples caixinha de surpresas. Como os garotos não entenderam o que ele havia criado, A resolveu mostrar para alguém que poderia realmente gostar. Foi quando a trouxe para mim. Minha reação não foi das melhores, mas ele entendeu errado. Eu não tinha me assustado com a bolsinha, mas sim com ele, e com o seu jeito de ver o mundo. Mas ele se convenceu de que eu estava assustada por causa do porta-moedas e me provocou de propósito antes de sair, achando que eu ia falar da sua perigosa invenção para os outros professores e colegas de classe. E se enganou de novo. Eu falei do caso na reunião, como já disse, mas ninguém deu a mínima. Ele até pensou em colocar a invenção no seu site, mas teve medo de ninguém entender, então resolveu mostrar para quem pudesse de fato lhe dar o devido valor.

Daí veio a ideia de participar da Feira de Ciências. Quase todos os jurados eram professores renomados nas universidades, e A esperava que os especialistas ficassem estarrecidos com a inscrição de um instrumento letal e descrevessem tanto a bolsinha quanto ele como uma ameaça. Assim ele conseguiria a atenção que tanto queria. Mas ele não queria que o projeto fosse rejeitado na primeira etapa, por isso floreou todo o material de inscrição para dar a entender que a motivação do projeto era um senso de justiça infantil – quer dizer, compatível com uma criança de treze anos. Aparentemente funcionou, e tanto ele quanto sua invenção receberam muitos elogios durante todo o concurso.

Um dos jurados da etapa nacional, um professor famoso que já apareceu em programas de perguntas e respostas na televisão, se aproximou de A enquanto ele exibia o protótipo na exposição e falou do quanto tinha ficado impressionado. "Eu jamais teria pensado numa coisa dessas", disse ele, aparentemente. O porta-moedas que impedia furtos chamou atenção por ser algo diferente no meio de tantos tipos de robôs-ajudantes.

Mas A entendeu mal mais uma vez. Achou que estava sendo elogiado por suas habilidades técnicas, equívoco comum no entendimento das crianças. Para A, faltava o reconhecimento como o vilão perigoso que ele desejava ser, embora tenha se sentido lisonjeado com as entrevistas que concedeu para os jornais locais. Quando vi sua fotografia e li sobre seu sucesso, me senti aliviada. Achei que ele só queria um pouco de reconhecimento e atenção, e que agora seguiria um caminho mais positivo. Concluí que havia me preocupado sem necessidade e que, no fim, tudo acabaria bem.

Um dia, no final das férias de verão, o jornal local publicou uma longa matéria sobre o projeto de A e a Feira de Ciências. Mas, naquele mesmo dia, o crime de Luna veio à tona, e as primeiras páginas só falavam dessa história. Nos dias que se seguiram, a televisão e as revistas semanais praticamente não falaram em outra coisa. A conquista de A foi mencionada na cerimônia de volta às aulas diante de todos os alunos e professores, mas não se mencionou o elogio que ele recebeu do famoso professor nem a reportagem no jornal. Só se falava no caso de Luna. De que valia para A se tinham falado coisas boas sobre ele? Ninguém havia notado. E o que havia de tão grandioso no caso de Luna? Cianeto de potássio? Ela não tinha descoberto nada, qualquer pessoa poderia usar veneno para matar alguém. A tinha inventado sua própria arma mortal, que merecia muito mais atenção. Quanto mais a imprensa fazia alarde com o caso de Luna, mais A sentia ciúme, e mais se envolvia no aprimoramento de sua Máquina Mortífera.

Desde que entrou para a escola, B era uma criança amigável e sociável. Um garoto gentil e educado, exatamente o que se espera de alguém criado com tanto cuidado pelos pais e pelas duas irmãs, um pouco mais velhas que ele. Quando terminei minha conversa com A, telefonei para B, que já estava em casa, e pedi que se encontrasse comigo junto da piscina. É claro, pela escolha do lugar, ele deve ter imaginado o que eu queria, e pediu que eu fosse até a casa dele. Quando cheguei, B perguntou se a mãe dele poderia participar. Ela pareceu surpresa com minha visita repentina, o que me levou a concluir que ela não tinha a menor ideia do que o filho havia feito. Respondi que ela poderia acompanhar a conversa, e começamos a falar sobre os experimentos de B desde o início do sétimo ano.

Ele havia entrado para o Clube de Tênis no primeiro trimestre. Queria praticar um esporte qualquer e achava que tênis era "legal". Mas quando as aulas começaram, B descobriu que havia uma divisão injusta entre os alunos. Os garotos de séries anteriores que já jogavam tênis podiam ir jogar nas quadras, mas quem nunca tinha jogado era relegado a aulas de treinamento físico, e mesmo depois de muitas semanas ele mal havia encostado numa raquete. B estava no último grupo, mas não ficou tão chateado assim, pois mais da metade das crianças estavam com ele. Depois de alguns meses de treinamento, começou a jogar e adorava andar para cima e para baixo na escola carregando a raqueteira nas costas.

No início das férias de verão, o treinador de tênis, Sr. Tokura, dividiu de novo os alunos em três grupos, de acordo com suas habilidades, e definiu uma prática para cada um. O primeiro trabalharia habilidades de ataque, o segundo, de defesa, e o terceiro era o de treinamento físico. B foi colocado de novo no terceiro grupo. O pior é que os outros grupos tinham seis membros, e no de habilidades físicas só havia mais dois alunos: D, que parou de frequentar as aulas assim que houve a divisão, e E, um garoto menor, mais esguio, conhecido pelo apelido de "Fracote".

Dia após dia, B e Fracote corriam em volta da escola. Convencido de que sua capacidade física não era pior que a dos garotos dos outros grupos, B ficou cada vez mais frustrado. Um dia, uma menina de outro clube perguntou por que ele corria o tempo todo se fazia aula de tênis. Sentindo-se mais do que humilhado, B foi até o treinador Tokura e pediu para mudar de grupo. O treinador perguntou se ele estava reclamando da corrida ou do fato de correr ao lado de Fracote. É claro que era a segunda opção, mas B não ia admitir. "Se você sempre se preocupar com o que os outros pensam, nunca vai ganhar força", disse o treinador. "Na semana que vem acabam as práticas em grupo, aguenta mais um pouco". No dia seguinte, a mãe de B telefonou para a escola dizendo que ele não participaria mais do Clube de Tênis, e ele começou a fazer um cursinho noturno, já pensando no vestibular.

As notas de B nunca foram muito acima da média, mas quando as férias acabaram ele começou a subir nas classificações da turma. No meio do trimestre, suas notas já tinham subido quase quinze pontos em relação ao primeiro trimestre. No cursinho, onde havia cinco turmas divididas de acordo com as notas, em dois meses ele passou da Turma 5 para a Turma 2. F, que tirava mais ou menos as mesmas notas que B, se matriculou no mesmo cursinho em novembro, entrando para a Turma 4.

A puberdade é um período em que as habilidades de vocês – sejam elas voltadas para o intelecto, o esporte ou a arte – podem se desenvolver com muita rapidez. Esse sucesso repentino pode criar na criança uma autoconfiança para aquela área, o que acaba encorajando um esforço maior e aumentando as conquistas. É claro que, em muitos casos, as crianças superestimam suas capacidades e acham que podem fazer muito melhor – ou, como um campeão que se vê numa derrota, desenvolvem suas habilidades muito rápido e atingem um patamar em que o nível de sucesso começa a cair.

O que acontece depois é que realmente interessa. Algumas crianças, achando que já desenvolveram todas as suas habilidades, param de se esforçar e se deixam escorregar na rampa da mediocridade. Outras continuam se esforçando tranquilamente, quaisquer que sejam os resultados, e conseguem se manter naquele nível. E ainda há outras que vão à luta, superam os obstáculos e acabam passando para o próximo nível. Nós, que damos aula para quem está se preparando para entrar no ensino médio, costumamos ouvir os pais dizerem que os filhos teriam sucesso se "tentassem". Mas quase sempre eles estão falando das crianças desse primeiro grupo, que atingiram o limite e agora começam a cair. Em vez de continuar tentando, abandonam o jogo.

B chegou exatamente nesse ponto.

Poucos dias antes das férias de inverno, suas notas pararam de melhorar e começaram a baixar um pouco. No início do terceiro trimestre, o professor do cursinho chamou a atenção dele na frente de toda a turma – uma cena digna de novela: "Você comemorou cedo demais! Foi só tirar algumas notas acima de noventa para começar a cair para oitenta e até sessenta!". Para B foi muito humilhante. Que direito aquele homem tinha de rebaixá-lo na frente de todo mundo só porque suas notas caíram um pouco? Mas o pior não foi isso. Quando o professor divulgou a classificação geral, B continuava no segundo nível, enquanto F foi direto para o primeiro. Ele ficou furioso. Quando a aula acabou, foi direto para o fliperama extravasar a raiva e gastar o dinheiro que tinha recebido no fim do ano.

B estava totalmente concentrado numa máquina quando, de repente, se viu cercado por vários alunos do ensino médio. Eles tentaram pegar sua carteira, ele resistiu, até que um policial notou a confusão e o levou para a delegacia de menores. O delegado ligou para minha casa às onze horas da noite. Telefonei imediatamente para o Sr. Tokura, o treinador de tênis. É claro que B levou um susto quando o viu chegar em vez de mim, sua professora conselheira. Ele perguntou por que eu não tinha ido, e Tokura lhe disse que é porque eu era mulher. B entendeu que eu não pude ir por causa da minha situação em casa – concluiu que, por eu ser mãe solteira, minha filha era mais importante que meus alunos.

No carro a caminho da casa de B, o Sr. Tokura continuou o sermão que havia começado durante a aula de tênis. "O professor do cursinho te deixou com vergonha na frente da turma e você foi correndo para o fliperama. Você se preocupa demais com o que os outros pensam. Quando terminar os estudos, vai ter de aprender a lidar com muitas coisas piores do que um sermãozinho." A reação de B à reprimenda do treinador foi tipicamente infantil; eu já fiquei surpresa pelo modo como o Sr. Tokura avaliou a situação e deu o conselho certo para B.

Enquanto contava a história na sala, a mãe de B suspirava e murmurava solidária aos probleminhas do seu "pobrezinho". A estupidez dela me causou repulsa, mas ao mesmo tempo senti um ciúme terrível por ela ainda ter um filho em quem podia despejar todo aquele afeto exagerado. De todo modo, por mais que B tenha sido um pouco vítima desse incidente, nossa escola proíbe terminantemente que alunos frequentem fliperamas, independentemente da circunstância. Como punição, B recebeu a tarefa de limpar o deque da piscina e o vestiário depois do horário de aula por uma semana.

No início de fevereiro, A conseguiu triplicar a voltagem da descarga elétrica no zíper do porta-moedas e estava louco para testá-lo. Mais ou menos na mesma época, ele viu B, que se sentava perto dele na sala, escrevendo "Morra! Morra! Morra!" no caderno. Depois da aula, A se aproximou de B e perguntou se ele estava a fim de ver um filme pornô. B tinha ouvido falar dos filmes que o colega conseguia e concordou na mesma hora. Poucos dias depois que os dois começaram a andar juntos, A perguntou se B tinha vontade de "punir" alguém. B ficou meio confuso, então A lhe contou da bolsinha e disse que tinha conseguido aumentar a potência do choque. "Inventei uma coisa para sacanear quem é mau, então precisamos de alguém para testar".

É claro, B sabia do protótipo e do sucesso de A na Feira de Ciências. Ele havia ficado impressionado, como todas as outras crianças da sala. Mas agora que tinha a chance de ver como funcionava, falou o primeiro nome que lhe veio à cabeça: Sr. Tokura. A discordou na mesma hora, demonstrando o quanto é covarde. Ele não teria coragem de agir sem se esconder por trás de sua invenção, e se recusava a escolher alguém tão forte quanto o Sr. Tokura. B então sugeriu meu nome, acho que ainda estava com raiva por eu ter enviado o Sr. Tokura para a delegacia no meu lugar. A também discordou, imaginando que eu não cairia duas vezes no mesmo truque. Ou pior, ele sabia que eu não faria alarde nenhum sobre o novo porta-moedas, e ele queria atenção.

Nesse momento, B se lembrou de que tinha visto Manami perto da piscina enquanto limpava o deque. "E a filha de Moriguchi?", perguntou, ao que A finalmente concordou. A sabia que eu levava Manami para a escola toda quarta-feira à tarde. B acrescentou os detalhes importantes: que Manami ia até a piscina sozinha dar comida para o cachorro e que tinha me implorado para eu comprar uma pochete do Coelhinho Fofo no shopping. A palavra "pochete" chamou a atenção de A.

Na quarta-feira seguinte, quando a escola liberou os alunos, A e B se esconderam no vestiário perto da piscina e esperaram Manami. Eles a viram chegando no deque, tirando um pedaço de pão da jaqueta e dando para Muku através da cerca. Eles chegaram até ela e B falou primeiro:

"Olá", disse ele. "Você é Manami, não é? Nós somos alunos da sua mãe, outro dia eu te vi no shopping com ela". Manami ficou um pouco arredia no início. A percebeu que ela estava com medo de eles me contarem que a viram na piscina, então ele disse com a voz suave:

"Você gosta de cães, não é? Eu e ele também. É por isso que de vez em quando a gente vem aqui, para dar comida." Depois de ouvir que aqueles garotos mais velhos também iam até o deque para alimentar Muku, Manami relaxou e baixou a guarda. Foi então que A pegou a pochete do Coelhinho Fofo escondida nas costas. "Sua mamãe não comprou pra você, não é? Ou comprou depois?" Manami balançou a cabeça. "Ela pediu pra gente comprar pra você! Toma, é um presente da sua mãe." A esticou os braços e colocou a alça da pochete em volta do pescoço de Manami, que pareceu animadíssima com o presente. "Pode abrir", disse A. "Tem chocolate aí dentro." Manami encostou os dedinhos no zíper e caiu no chão na mesma hora, imóvel. A abriu um sorriso de satisfação. B ficou em estado de choque, sem acreditar no que via. "Te peguei!", sussurrou A.

"O que aconteceu?", perguntou B com a voz trêmula, segurando no ombro de A. "O que você fez? Ela não está se mexendo!"

"Então vai chamar alguém!", disse A, retirando a mão de B do seu ombro. Em seguida, saiu com ar de satisfação.

Sozinho, B concluiu que Manami estava morta. Mas ele tremia de medo, e em vez de olhar para ela, fitava os olhos do Coelhinho Fofo, cuja cabeça dava forma à pochete mortal. Se alguém descobrisse que aquela coisa tinha matado Manami, diriam que ele havia sido cúmplice de assassinato. Evitando olhar para o coelhinho, tirou a pochete do pescoço de Manami e a jogou pela cerca, o mais longe que podia. Depois pensou num plano. Ela podia ter se afogado na piscina. Então pegou o corpo de Manami e jogou na água fria e escura. Depois saiu correndo de lá o mais rápido que podia.

Quando chegou no final da história, B acrescentou que se lembrava muito pouco dos fatos porque ficou transtornado na hora, mas achava que tinha sido honesto comigo por me contar a verdade.

E foi assim que Manami realmente morreu.

A e B continuaram vindo à escola normalmente, apesar de eu saber toda a verdade. Nada dava a entender que a polícia entraria na nossa sala. A pensou nisso, na verdade; quando terminou de me confessar o crime, com aquele olhar quase maravilhado, ele me perguntou por que eu não tinha falado da minha suspeita para a polícia. Respondi a ele que nada tinha mudado, que a morte dela continuaria sendo um acidente e que eu não tinha nenhuma intenção de transformar a história num caso de assassinato sensacionalista, como ele queria. Depois tinha a mãe de B, que ouviu a confissão do filho com uma expressão atônita e vazia no rosto. Eu disse para ela que, como mãe, minha vontade era matar A e B. Mas, como também era professora, e embora reconhecesse meu dever de relatar o crime para as autoridades e garantir que os dois recebessem a punição adequada, eu tinha o dever de proteger meus alunos. Como a polícia concluiu que a morte de Manami havia sido um acidente, eu disse que não tinha a menor intenção de reabrir o caso e gerar confusão. Vocês podem imaginar o quão nobre esse meu discursinho soou.

Fui para casa e recebi um telefonema do pai de B assim que cheguei, pois ficou sabendo de tudo quando chegou do trabalho.

Ele queria saber se poderia me dar algum dinheiro como compensação, mas eu não quis nem ouvir a proposta. Se eu aceitasse o dinheiro dele, B sentiria que tudo estava resolvido. Mas eu queria que ele refletisse sobre o que havia feito e que levasse uma vida melhor daqui em diante, sem jamais se esquecer desse crime. E se o pai de B achasse necessário apoiar o filho quando o passado lhe pesasse demais nas costas, melhor que isso seria impossível.

Agora vocês me fazem uma pergunta muito razoável: por que deixei os dois saírem ilesos, mesmo sabendo que A poderia matar de novo?

Com certeza vocês estavam prestando atenção, coisa que devem ter aprendido a fazer jogando no computador. E reconheço que é difícil entender por que vocês ficaram tão nervosos enquanto eu falava sobre HIV e agora ouvem a história de um assassinato com a maior tranquilidade do mundo. Mas vocês se enganam se pensam que A poderia matar "de novo"... Porque A não matou Manami. Quem a matou foi B. Naquela noite, depois que a Sra. Takenaka foi embora, voltei para a escola, remontei o circuito da pochete e medi a voltagem. Não vou entrar em detalhes, vou dizer apenas que a potência do choque era baixa demais para matar uma senhorinha com problemas de coração, que dirá uma menina de quatro anos de idade. Testei e posso garantir que a dor foi muito menor do que quando levei um choque no fio desencapado da minha máquina de lavar. Concluí que Manami estava apenas inconsciente. Como disse antes, a causa da morte de Manami foi afogamento. No dia seguinte, quando os noticiários disseram que ela tinha sido encontrada na piscina, A procurou B para perguntar por que ele tinha se intrometido e feito uma coisa tão desnecessária. Acho que eu quis fazer a mesma pergunta, mas por razões diferentes. Mesmo que estivesse apavorado demais para pedir ajuda, por que simplesmente não saiu correndo? Se tivesse feito isso, Manami ainda estaria viva!

Eu não quero ser santa.

Não estou sendo nobre ao manter a identidade de A e B em segredo. Não contei para a polícia porque não acredito que a lei os possa punir. A queria matar Manami, mas no fim não provocou a morte dela; B não tinha desejo nenhum de matar, mas a levou à morte. Se eu os entregasse à polícia, é provável que os dois nem fossem condenados a algum centro de menores infratores; ficariam em liberdade condicional e o caso seria esquecido. Pudera eu eletrocutar A e afogar B, como fizeram com minha filha. Mas nenhuma das duas punições traria de volta minha Manami, nem faria os dois se arrependerem, já que estariam mortos. Eu queria que entendessem o valor e o peso terrível da vida humana, e, depois de entenderem, que percebessem as consequências do que fizeram e vivessem com isso. Mas como eu poderia fazê-lo?

Conheço uma pessoa que vive com esse peso nas costas e encontrei nele certa inspiração.

Comecei a aula de hoje falando sobre deficiência de cálcio, mas não é só de cálcio que precisamos. No passado, os japoneses tinham um paladar muito refinado e sutil, mas dizem que hoje em dia é cada vez maior a quantidade de crianças que não conseguem notar a diferença entre um curry apimentado e um suave, problema supostamente causado por uma deficiência de zinco. Nessas horas, fico pensando: será que o paladar de vocês é tão sensível assim? E o de A e B? Parece que todos tomaram o leite, mas alguém notou um gosto estranho? Meio ferroso, talvez? Pois então, eu injetei sangue na caixinha servida para A e B hoje de manhã. Não o meu. O sangue do homem mais nobre que conheço – o pai de Manami, Santo Sakuranomi.

Pela reação de vocês, vejo que a maioria entendeu.

Não tenho certeza se minha experiência vai surtir efeito rapidamente, mas aconselho A e B a fazerem um exame de sangue daqui a alguns meses. O período de incubação do vírus HIV costuma ser de cinco a dez anos, então vocês terão bastante tempo para valorizar a vida. Espero que entendam a atrocidade que cometeram e que peçam perdão ao espírito de Manami. Quanto ao resto da turma, vocês continuarão na mesma classe no ano que vem, então espero que vigiem esses dois e cuidem deles. Duvido que vão mandar para o novo professor aquelas mensagens fúteis que vocês adoram sobre o valor da vida.

Ainda não decidi o que vou fazer a partir de agora. Talvez eu nem tenha liberdade para decidir. Mas se alguma coisa acontecer comigo, espero que demore o bastante para que eu veja os resultados do que fiz hoje. Como? Se os resultados nunca aparecerem?

Nesse caso, sugiro que A e B prestem muita atenção ao atravessar a rua. Estou planejando passar o recesso da primavera com o pai de Manami. Nós estamos morando juntos desde o "acidente", e embora ele não tenha um futuro muito longo, decidimos passar juntos e em paz o que tempo lhe resta. Espero que suas férias sejam agradáveis e produtivas, e quero muito agradecer a todos vocês por esse ano de convivência aqui na escola.

Vocês estão dispensados.

CAPÍTULO 2

Martírio

Há poucos meses a gente se via todo dia, Yūko-sensei, mas agora não sei como encontrar você, nem para onde mandar esta carta. Você nos disse que não acreditava que a lei pudesse punir os garotos por terem matado sua filha, que você mesma resolveria o problema, e depois sumiu.

Concluí que você precisava saber o resto da história, o que aconteceu depois que nos deixou, e tentei escrever uma carta enorme para contar tudo. Depois percebi que não sabia para onde mandar ou o que fazer com ela, então me lembrei de um prêmio para novos escritores anunciado naquela revista que você sempre lia na sala dos professores. Os adolescentes ganham esse tipo de coisa o tempo todo, então resolvi mandar a carta para o concurso. Minha aposta foi alta, mas, quem sabe?

Mas uma coisa me preocupa. Até o mês de abril, a revista vai publicar uma coluna escrita por Sakuranomi-sensei. Então mesmo que eu ganhe o concurso e eles publiquem minha carta, você provavelmente vai ter parado de ler a revista. Como disse, minha aposta foi alta.

Enfim, gostaria que você entendesse que não faço isso para pedir ajuda. É que tenho uma coisa para lhe perguntar.

Você consegue sentir o ar? A atmosfera em si? Se o ar está rançoso ou fresco, parado ou fluindo? Acho que o clima de um lugar é a soma da aura das pessoas que estão nele. Sou muito sensível a essas coisas, provavelmente porque nunca me senti confortável com minha própria aura. Às vezes parece que não vou conseguir respirar, e a única coisa que me passa pela cabeça é a atmosfera que me rodeia.

Bem, se eu pudesse escolher uma única palavra para descrever o clima da nossa sala quando começaram as aulas, eu escolheria "bizarro".

Nós não vemos Naoki desde o último dia de aula, quando você nos contou o que fez com ele e Shūya. Mas Naoki foi o único que faltou no primeiro dia de aula – até Shūya compareceu. Acho que fiquei mais surpresa com a presença dele do que ficaria se ele não tivesse ido. Ninguém lhe dirigiu a palavra, mas todos cochichavam pelos cantos. Ele parecia não estar nem aí. Sentou-se em seu lugar e começou a ler um livro qualquer, mas como havia uma sobrecapa em volta, não consegui ver o título. Não que ele estivesse dando uma de valentão ou algo parecido, coisa que ele já fazia todos os dias desde que começamos a estudar na mesma sala. O esquisito era que nada parecia ter mudado.

O clima lá fora era agradável, as janelas estavam abertas, mas dentro da sala o ar parecia pesado e denso. O sinal bateu e o novo professor conselheiro entrou. Ele é jovem, todo animado, e foi direto para o quadro escrever seu nome.

"Meu nome é Yoshiteru Terada, mas desde criança me chamam de Werther. Por isso quero que vocês também me chamem assim." A gente ainda acha estranho, mas é assim que vou chamá-lo aqui. "Não se preocupem", disse ele. "Sou um jovem Werther, mas isso não quer dizer que os sofrimentos são meus."

Ninguém riu.

"Como assim? Vocês não leram?", perguntou, gesticulando e fazendo pose como se estivesse numa peça de teatro. É claro que a gente entendeu – os caracteres do nome dele em japonês significam "digno", que em inglês é "worthy", e algum espertinho deve ter descoberto que tinha a ver com "Werther" em alemão e achou que seria uma boa ideia colocar nele o apelido do cara de *Os sofrimentos do jovem Werther*, de Goethe. A gente entendeu. Muito engraçado. Mas será que ele tinha entendido? Não dava para notar alguma coisa na sala? Não sentiu o clima?

"Ah, quase me esqueci. Precisamos fazer a chamada. Sei que Naoki não veio, a mãe dele telefonou dizendo que ele está resfriado. Está faltando mais alguém?" Outro mau sinal: ele já estava tentando dar uma de amigo, chamando a gente pelo primeiro nome. Você nunca fez isso; sempre nos tratou com respeito. Em seguida, começou a falar de si.

"Não fui um aluno muito bom na idade de vocês", disse ele. "Eu fumava, e se algum professor me enchesse o saco, eu esvaziava os pneus do carro dele ou coisa do tipo. Mas meu professor conselheiro no oitavo ano me colocou nos eixos. Ele era do tipo que parava a aula inteira quando algo acontecia com algum aluno, ou quando sentia que era preciso tratar de algum assunto sério, e acho que perdemos umas cinco aulas de inglês só por causa dos meus probleminhas!" Ele riu nessa hora, mas duvido que alguém tivesse prestado atenção. Acho que todo mundo estava pensando, assim como eu, no "resfriado" de Naoki.

Todo mundo sabia que ele não estava doente – não do jeito que Werther pensava, quero dizer. Mas acho que senti um alívio quando soube que ele pretendia voltar para a escola, que não seria transferido para outro lugar. Enquanto Werther falava, a gente não parava de olhar para Shūya, mas ele continuou sentado, virado para o professor com olhos de bom aluno, embora desse para notar que ele também não estava prestando atenção. Acho que Werther não notou nada, pois continuou falando normalmente.

"Esse é meu primeiro dia como professor, então vocês, da Turma B, são os primeiros alunos que tenho na vida! E como sou novo para vocês, quero que vocês também sejam novos para mim – por isso não vou ler os relatórios que a professora conselheira do ano passado deixou sobre vocês. Quero que sintam isso como um novo começo, que me vejam como um irmão mais velho, com quem vocês podem conversar sobre o que quiserem."

Eles sempre estendem o primeiro horário com o professor conselheiro antes da cerimônia de abertura, e Werther deve ter falado durante uma eternidade. Por fim, pegou um pedaço de giz amarelo e escreveu no quadro, em letras maiúsculas bem grandes:

UM POR TODOS! TODOS POR UM!

Eu realmente não sei o que você achava da gente – como indivíduos, quero dizer. E não tenho a menor ideia do que escreveu sobre Naoki e Shūya naqueles relatórios. Mas se Werther tivesse se dado ao trabalho de lê-los, aposto que nada disso teria acontecido.

Naoki continuou faltando dia após dia, ninguém conversava com Shūya, e até meados de maio estava tudo bem tranquilo. É até estranho dizer, mas a gente não estava maltratando Shūya, nem sentindo ódio por ele – a gente só agia como se ele não existisse. Aprendemos a evitá-lo por completo, do mesmo jeito que nos acostumamos a ignorar a atmosfera sufocante da sala de aula.

Uma noite, eu estava vendo televisão e passou um documentário sobre uma escola: algumas turmas resolveram usar o horário de aconselhamento para ler. Eles disseram que aqueles dez minutinhos todos os dias melhorava o comportamento dos alunos e ajudava a desenvolver a concentração, e que, depois disso, o desempenho escolar dos alunos tinha aumentado. Enquanto assistia, me lembrei de Shūya.

No dia seguinte, encontramos uma nova "biblioteca" no fundo da sala. Werther levou uma estante de casa junto com um monte de livros.

"Sei que os livros não são novos, mas quero que comecem a ler toda manhã e aproveitem absolutamente tudo o que puderem!", disse Werther. Soou meio idiota, como tudo que ele dizia, na verdade, mas a ideia não era tão ruim assim... até que começamos a olhar o título dos livros. Werther tem boa aparência, e não vou negar que a gente já estava começando a se acostumar com ele, talvez até gostasse um pouco dele. Mas depois desse episódio, ninguém mais conseguiu levá-lo a sério. A primeira prateleira da estante estava cheia de livros de Sakuranomi-sensei, o pai de Manami.

Não tinha como Werther não perceber que a gente não se interessou pela minibiblioteca. Talvez por isso, durante a aula de matemática – ele também era professor dessa matéria –, ele tenha puxado um livro da estante enquanto resolvíamos alguns exercícios e começado a ler para nós.

"*...Nunca me interessei por religião, mas como viajava pelo mundo, indo de um país para o outro, comecei a carregar uma Bíblia comigo sem saber muito bem por quê. Há um versículo em Mateus 18 que fala de um homem que tem cem ovelhas. Se apenas uma se desgarrasse, ele deixaria as outras 99 na montanha e sairia procurando a que estava perdida; se a encontrasse, a satisfação de ter de volta aquela única ovelha seria maior do que a satisfação por as outras 99 não terem se desgarrado. Para mim, essa é a definição de um verdadeiro professor...*"

Nesse ponto, ele fechou o livro. "Esqueçam a aula de matemática por hoje e vamos fazer uma reunião de classe", disse ele, com a voz calma, quase cerimoniosa. "Acho que deveríamos pensar juntos o que fazer em relação a Naoki". Acho que Werther de repente se deu conta de que Naoki era uma ovelha desgarrada. Seja como for, mandou a gente guardar o livro de matemática sem sequer corrigir o exercício.

Naoki teve um "resfriado" na primeira semana de aula, mas, depois disso, Werther simplesmente disse que ele "não estava se sentindo bem".

"Preciso confessar que menti para vocês sobre o motivo de Naoki não vir para a escola. Ele não está matando aula. Ele quer estar aqui, mas falta vontade para vir; está passando por algum bloqueio psicológico."

Não consegui entender a diferença entre "querer vir" e "ter vontade de vir", mas foi assim mesmo que Werther falou, sem deixar claro se a explicação era dele ou se estava repetindo o que foi dito pela mãe de Naoki.

"Peço desculpas por não ter sido honesto com vocês", disse Werther, e acho que senti pena dele nesse momento. Tudo bem que Naoki tivesse um bloqueio psicológico, mas Werther era o único naquela sala que não sabia de onde vinha o problema.

Acho que a turma inteira manteve segredo sobre o que você nos contou antes de ir embora. Naquele dia, depois da aula, todo mundo recebeu a mesma mensagem de texto: "Se você contar para alguém o que A e B fizeram, é porque você é C". A gente nunca descobriu quem a mandou.

Werther então apresentou sua grande ideia:

"Vamos pensar em como podemos criar um ambiente que facilite a volta de Naoki para a escola", disse ele.

Ninguém abriu a boca, é claro. Até Kenta, que sempre respondia as piadas sem graça de Werther, continuou sentado olhando para a carteira. Mas Werther preferiu não notar, ou acreditar que estávamos pensando seriamente no assunto, e começou a falar das suas ideias. Duvido que ele realmente tivesse algum interesse no que a gente pensava.

"Por que não copiamos as anotações da aula e entregamos na casa de Naoki?"

Os resmungos começaram em vários pontos da sala.

"Por que não?", perguntou Werther para Ryōji, cujo resmungo tinha sido o mais alto.

"Porque...", murmurou Ryōji, sem levantar a cabeça, "minha casa fica na outra direção". Nada mau para uma desculpa de última hora.

"Sem problemas", disse Werther. "A gente faz assim: vocês se revezam para copiar as anotações, e depois, uma vez por semana, eu e Mizuki entregamos o caderno na casa de Naoki".

Por que eu? Porque sou representante da turma esse ano de novo (Yūsuke é o vice, a propósito) e porque moro no mesmo bairro de Naoki. Fiz questão de não deixar transparecer como me senti com o plano do professor, mas acho que ele percebeu desde o início que não fiquei muito empolgada. Em determinado momento, ele me perguntou por que eu era fria com ele – não sei ao certo por que ele diria isso, mas pode ser porque sou a única que se recusa a chamá-lo de Werther. Então me perguntou se eu tinha algum apelido. Eu disse que não, que todos me chamavam de Mizuki, mas Ayako praticamente gritou "Mizuho!". Tudo bem, era assim que me chamavam nos primeiros anos do ensino fundamental. "Mi-zu-*ho*", diziam, enfatizando a última sílaba.

"*Gostei*!", disse Werther. "Fechado. A partir de hoje, vou chamar você de Mizuho. E vocês? O destino uniu a gente nesta sala. Vamos nos conhecer, quebrar as barreiras entre nós!"

Depois disso, graças a Werther, voltei a ser Mizuho.

Começamos a levar a matéria copiada para Naoki na segunda sexta-feira de maio. Eu sabia onde ele morava e já tinha entrado na casa dele em várias ocasiões, pois a irmã mais velha dele tomou conta de mim algumas vezes quando eu tinha seis ou sete anos.

A mãe de Naoki veio nos receber na porta. Eu não a via há muito tempo, mas ela parecia a mesma pessoa – maquiagem perfeita, roupas bonitas. Das vezes em que estive lá brincando com a irmã dele, eu me lembro de como a mãe falava sem parar sobre Naoki, mesmo quando ele não estava no quarto: falava de como servia panquecas porque era o que ele mais gostava, do dia em que ele a viu chorando ao cortar cebola e deu para ela seu lencinho, de quando ficou em terceiro lugar no concurso de caligrafia.

Achei que só entregaríamos as anotações e iríamos embora, mas acabamos entrando e sentando na sala. A mãe de Naoki não pareceu muito entusiasmada com a visita, mas Werther, pelo que entendi, queria muito conversar.

Eu também conhecia aquela sala, onde brinquei de Othello algumas vezes com a irmã de Naoki. O quarto dele fica exatamente em cima de onde brincávamos, e me lembro da mãe dele olhando para o teto e falando alto, pedindo para ele descer com um baralho.

A irmã dele agora faz faculdade em Tóquio, e não dava para saber se Naoki estava lá em cima. A mãe dele nos serviu de chá e se sentou para conversar com Werther.

"A professora anterior é culpada pelos problemas emocionais de Naoki", disse ela. "Se todo professor fosse dedicado e entusiasmado como você, isso nunca teria acontecido."

Notei imediatamente que Naoki não tinha contado para a mãe o que você disse que fez com ele no último dia de aula. Se tivesse contado, ela não estaria tão cheia de si, nem teria criticado você daquele jeito. Isso queria dizer que ele estava sofrendo sozinho lá em cima. Seja como for, ela continuou reclamando de você – Moriguchi isso, Moriguchi aquilo –, sem mencionar o que aconteceu com sua filha. Duvido que ela sequer sonhasse com o envolvimento de Naoki.

Naoki não desceu, e acabei concluindo que fomos lá só para ouvi-la reclamar. Mas Werther continuou sentado, concordando com a cabeça e aquele olhar de pateta compadecido, como se aquelas palavras fossem a coisa mais maravilhosa que ele já tivesse ouvido. Acho que ele escutava, mas não ouvia.

"Senhora", disse ele, aproveitando uma pausa. "Pode deixar que eu resolvo o problema de Naoki!" Escutei um barulho e olhei para o teto. Naoki deve ter ouvido tudo lá de cima.

Ele não apareceu na escola no dia seguinte, nem no outro. Mas para nós, a ausência dele era natural – tão natural quanto o fato de fingirmos que Shūya não existia, mesmo ele estando conosco. Parecia a melhor solução naquele momento.

Eles começaram a distribuir leite de novo na primeira segunda-feira de junho. Depois que o Ministério da Saúde publicou os resultados do programa de laticínios para alunos do ensino fundamental, a "Hora do Leite", o governo decidiu que nossa província teria um programa próprio.

Como representantes de turma, eu e Yūsuke tínhamos de distribuir as caixinhas. Quando começamos a caminhar pela sala, sentimos o ar ficando pesado, com todas as lembranças ruins vindo de novo à tona. Felizmente, ninguém era *obrigado* a tomar o leite. O governo havia falado dos benefícios, mas muitos pais reclamaram que os filhos não gostavam de leite ou eram alérgicos. Me impressiona que tantos pais estejam dispostos a mimar os filhos desse jeito, mas foi justamente por isso que as caixinhas agora não tinham o nosso nome, e podíamos escolher tomar ou não. Quando olhamos em volta, a única pessoa que vimos com o canudinho na boca era o próprio Werther.

"Ei, pessoal! Qual o problema? Vocês não sabem que leite faz bem pra saúde?"

Ele terminou de beber e amassou a caixinha. Yumi cometeu o erro de levantar a cabeça e olhar nos olhos dele.

"Vou tomar o meu em casa", murmurou ela.

"Ótima ideia!", disse Werther, rindo. "Guardar para quando der vontade", acrescentou, enquanto todos nós colocávamos o leite na mochila.

Naquela tarde, Shūya era o encarregado de limpar a sala. Quando ele se virou para pegar a vassoura no armário, ouvimos o barulho de alguma coisa estourando. Yūsuke jogou a caixinha de leite nas costas dele, e a mira foi perfeita: Shūya levou um banho de leite. Eu estava sentada fazendo um relatório e não percebi direito o que havia acontecido. Tinha poucos alunos na sala, mas todos olhavam para Yūsuke.

Não sei o que os outros pensavam de Shūya, mas mesmo que o odiassem, ninguém teria coragem de fazer aquilo. Não sei se "coragem" é a palavra certa para esse gesto, vindo de um rapaz extrovertido e atlético como Yūsuke. Shūya continuou de costas enquanto Yūsuke falava:

"E você nem se arrependeu, não é?"

Nem isso arrancou um olhar de Shūya. Ele olhou para a calça toda suja de leite, pegou a mochila e saiu da sala. Nós só o observamos em silêncio. Esse foi o início da punição de Shūya.

Acho que Yūsuke gostava muito de você.

Hoje sei que você não é o tipo de professora que se preocupa muito com os alunos; seu maior interesse era encontrar o verdadeiro valor em cada indivíduo. Nunca fez muito alarde, mas sempre notava quando alguém tirava nota máxima numa prova, tinha algum sucesso nos clubes ou era escolhido para alguma atividade importante na escola. Você mencionava o fato no horário de aconselhamento ou na aula de ciências, e fazia questão de que todos aplaudissem.

Você puxou aplausos para mim mais de uma vez. A função de "representante de turma" não é muito grande, e a gente não desperta atenção, mas você sempre dizia que eu fazia um ótimo trabalho e pedia o reconhecimento de todos. Eu ficava envergonhada, mas a sensação era boa.

Werther, por outro lado, nunca faz essas coisas.

Ele sempre fala de uma música que adora, que diz "o único", ou "o número um", não sei. Foi no espírito dessa música que ele falou na assembleia do primeiro dia de aula, quando apresentaram para a gente os novos professores.

"Não quero me concentrar apenas nos melhores alunos ou nos mais destacados. Para mim é importante valorizar cada pessoa de acordo com o limite de seus esforços. Quero ser um professor que trata todos com igualdade."

No início de maio, nosso time de beisebol derrotou aquela escola particular que sempre vence todas as partidas da liga, e chegamos até a semifinal. Foi a primeira vez que a escola ia tão longe, e o jornal local chegou a fazer uma matéria, com fotos do time – e, bem no topo, o herói do jogo, o craque do arremesso, Yūsuke. Depois da competição, ele foi eleito a estrela do time e entrevistado para outra matéria no jornal. Todo mundo ficou orgulhoso (menos Shūya, talvez), e pela primeira vez, desde o início do ano, a sala de aula não parecia uma funerária. Mas Werther tinha que estragar tudo.

Apesar de tudo o que tinha falado sobre tratar todos com igualdade, ele não parecia se importar com ninguém além do "número um". Fez um alarde por causa de Yūsuke e ignorou todo o resto.

Se você estivesse aqui, sei que teria elogiado Yūsuke, mas também teria dito que ele não ganhou o jogo sozinho, que beisebol é um esporte de equipe, e que por mais que o arremessador seja bom, é impossível ganhar o jogo sozinho. Você faria a gente aplaudir o time todo. Por que Werther não fez isso?

Não acho que alguém tenha percebido de início, mas tenho certeza de que Yūsuke e cada um de nós que recebeu algum elogio feito por você sentiu falta de alguma coisa no jeito de Werther lidar com a turma. Dava para sentir que os alunos estavam frustrados e com raiva, sentindo vontade de extravasar. Mas ninguém descontou nada em Shūya – pelo menos, não até agora.

Toda sexta-feira eu ia à casa de Naoki com Werther. Depois daquele primeiro dia, quando a mãe dele nos sentou na sala para ouvi-la reclamar de você, ela começou a encurtar as visitas e a nos limitar apenas ao saguão de entrada. Por fim, parou de nos convidar para entrar, e nem tirava mais a corrente – pegava o envelope pela fresta da porta. Só de olhar para ela nos curtos momentos em que conversávamos, notei que ela continuava gastando tempo com a maquiagem, mas observei que seus lábios estavam mais dilatados.

A irmã mais velha de Naoki se casou e foi morar em Tóquio, e o pai costumava chegar tarde do trabalho, então, na maior parte do tempo, Naoki ficava sozinho com a mãe – e vivia com um segredo terrível.

Falei para Werther que, na minha opinião, Naoki nunca mais ia voltar, não importava quantas vezes fôssemos até a casa dele, e que nossas visitas estavam parecendo uma perseguição. Durante um segundo ele me olhou como quem não tinha gostado do que ouviu, mas a expressão desagradável logo deu lugar a um sorriso forçado.

"Não, Mizuho", disse ele, "estamos chegando num ponto crítico para os dois lados. Se continuarmos mais um pouco, tenho certeza de que ele vai entender o que estamos fazendo".

Era óbvio que ele não desistiria das visitas, mas não tenho certeza do que ele quis dizer com "dois lados" e "ponto crítico". Eu sequer sabia se Werther já conhecia Naoki, pois ele ainda não tinha ido à escola desde o início das aulas. Acho que já tinha passado da hora de perguntar.

Na segunda-feira seguinte, Werther chegou para a aula de matemática com uma folha de papel-cartão e pediu que escrevêssemos mensagens de motivação para Naoki voltar para a escola. Eu sabia que a aura da sala estava começando a mudar, mas não exatamente do jeito que eu esperava. Quando o cartão foi passando, algumas meninas seguraram as risadinhas, e alguns garotos chegaram a gargalhar. Só entendi o motivo quando o cartão chegou até mim – ele estava quase todo preenchido com frases do tipo:

> Melhoras! Ouça seu coração! Repense voltar! Repense seus atos! Amplie seus horizontes! Agora é a hora! Sabemos disso! Sabemos da sua dor! Ainda queremos que volte! Sinta-se em casa! Saiba que nada mudou! Imagine! Ninguém te esqueceu! Ouça nossa voz!

Só agora, enquanto escrevo, é que entendi o que estavam dizendo. Como pude ser tão estúpida? Parecia que eles estavam adorando o que faziam.

Naquele dia, você nos falou sobre a Lei Juvenil. Mesmo que ela tenha sido feita para proteger as crianças, eu já tinha minhas dúvidas antes mesmo de você tocar no assunto.

Lembra daquele caso na cidade H, de um garoto que matou uma mulher e o bebezinho dela? Eu me lembro de ver os parentes da moça falando deles na televisão durante dias, que o crime tinha sido cruel, que eles eram felizes, que o garoto assassino era desumano. Eu me lembro de pensar, na época, que a gente não devia precisar de julgamento num caso desses. Bastaria entregar o criminoso aos familiares da vítima e deixar que fizessem o que quisessem com ele. As pessoas que mais sofrem deviam ter o direito de julgar quem lhes fez mal, do jeito que você fez com Naoki e Shūya, e o julgamento só aconteceria nos casos em que a vítima não tivesse nenhum parente. Mas não foi só o garoto malvado que me incomodou. Eu não suportava os advogados, o jeito como se posicionavam e falavam qualquer coisa para defender o garoto. Todo mundo sabia que estavam mentindo. Sei que as leis existem por um motivo, e entendo que argumentem daquele jeito, fazendo pose de importantes, mas quando eles aparecem na televisão, só consigo pensar que eu adoraria cruzar com eles na rua para dar o que merecem. Ou talvez descobrir onde moram e jogar umas pedras na janela. É assim que me sinto.

E isso num caso em que nem conheço as vítimas ou a família. Um caso que só vi na televisão e que aconteceu bem longe de mim. Mas se eu me senti desse jeito, imagino que muita gente deve ter sentido a mesma coisa...

Mas mudei de ideia enquanto escrevia. Concluí que é preciso ter um julgamento, independentemente do quão horrível seja o crime. E estou pensando não em quem cometeu o crime, mas nas pessoas em geral, para que entendam o que aconteceu e evitar que façam justiça com as próprias mãos e cometam alguma arbitrariedade.

Acho que todo mundo quer ser reconhecido pelo que fez; todo mundo deseja ser elogiado. Mas fazer algo bom ou notável não é fácil. É muito mais fácil condenarmos alguém por ter feito algo errado do que nós mesmos fazermos a coisa certa. Mas mesmo assim, é preciso certa coragem para ser o *primeiro* a se manifestar e culpar alguém. E se ninguém se juntar a nós? E se ninguém mais condenar o transgressor? Por outro lado, é muito fácil se unir a alguém que já começou a condenar outra pessoa. A gente não precisa nem sair do lugar, é só dizer: "Eu também acho!".

Mas não é só isso: a gente acaba se sentindo bem quando atormenta uma pessoa má – às vezes até ajuda a aliviar o *stress*. E depois da primeira vez, a gente pode ter vontade de sentir aquilo de novo – achar que precisa acusar alguém só para sentir de novo aquele *frisson*. Na primeira vez, a gente realmente acusa algum canalha, mas, na segunda vez, talvez a gente comece a usar da criatividade para acusar quem não merece.

Era exatamente isso que acontecia durante a caça às bruxas na Idade Média. Acho que as pessoas em geral se esqueceram de uma verdade fundamental: não temos o direito de julgar ninguém.

Depois do dia que Yūsuke jogou o leite nas costas de Shūya, um monte de alunos começou a jogar as caixinhas na carteira dele. O pior era quando alguém guardava a caixinha até o leite azedar, ou quando havia tantas empilhadas que elas se rompiam. Eles também colocavam no sapato e no armário dele. Shūya simplesmente limpava tudo sem dizer uma palavra, como se aquilo fizesse parte de sua rotina matinal. Seus cadernos e suas roupas de ginástica viviam sumindo, e alguém escreveu "assassino" em todas as páginas de um de seus livros. Ele continuava sendo ignorado pela maioria, mas alguns mais desordeiros o atormentavam o tempo todo.

Um dia, todos nós recebemos a mesma mensagem de texto no celular: "Seja você o juiz! Ganhe pontos a cada golpe dado em Shūya, o assassino!".

Era da mesma pessoa que tinha mandado a primeira mensagem depois que você conversou com a gente. As instruções eram simples: toda vez que alguém fizesse algo para atormentar Shūya, bastava mandar os detalhes para a pessoa, e ela lhe daria pontos. No sábado seria feito um somatório, e quem tivesse menos pontos seria chamado de "amigo do assassino" e seria tratado do mesmo jeito que Shūya a partir da segunda-feira seguinte.

Você sabe que não simpatizo muito com Shūya. Mas o que estavam fazendo era uma estupidez tão grande que resolvi simplesmente ignorar. E achei que um monte de gente faria a mesma coisa. Só que alguns dias depois, vi por acaso duas das meninas mais quietinhas da sala, Yukari e Satsuki (você se lembra delas – o que elas mais gostam na vida é do Clube de Artes), paradas perto do armário de sapatos e mandando uma mensagem pelo celular. Logo depois percebi que elas tinham enfiado o sapato de Shūya dentro das caixinhas de leite.

Se as duas tinham entrado no jogo, eu seria a única a não ganhar nenhum ponto.

Na segunda-feira, fiquei um pouco tensa no caminho até a escola, mas o dia passou e não aconteceu nada incomum. Aparentemente, outros alunos se recusaram a ganhar pontos praticando *bullying* contra Shūya. Talvez o mundo não estivesse ficando tão louco assim.

Um dia, no finalzinho de junho, Werther cancelou a aula de matemática para fazer uma reunião de classe, mesmo faltando poucos dias para as provas. Ele disse que tinha um assunto para conversar com a gente e começou a balançar um pedaço de papel.

"Encontrei isso aqui no caderno de exercícios de alguém", falou. Dava para escutar os meninos lá da frente engolindo em seco, mas de onde eu estava sentada, não dava para ver o que tinha no papel.

"*Estão fazendo bullying na nossa sala!*", disse ele, com a voz bem dramática, lendo o que estava escrito no papel.

Acho que foi muito corajoso terem escrito aquilo, era sinal de que outra pessoa também queria que as coisas mudassem. Mas também concluí que quem escreveu provavelmente não imaginou que a mensagem seria lida na frente da turma. Ele, ou ela, devia estar transpirando de nervoso.

"Não vou dizer em qual caderno estava", continuou Werther, olhando pela sala, "mas acho que, como turma, precisamos discutir o problema. Há algum tempo venho sentindo alguma coisa errada. Não é certo que um bom aluno como Shūya me diga pela terceira vez esse mês que 'perdeu o caderno' e teve de comprar outro. E não só os cadernos – ele também 'perdeu' roupas de ginástica e sapatos. Eu estava prestes a perguntar a ele o que estava acontecendo, mas antes disso, uma alma corajosa me deixou esse papel pedindo ajuda... Vocês não imaginam como fiquei feliz. Mas não podemos chamar de *bullying* o que está acontecendo aqui. Esse tipo de perseguição não é *bullying* – é inveja, pura e simples. A prova é que ninguém ousou atacá-lo diretamente; só ficam bagunçando com as coisas dele. Shūya é um dos melhores alunos de todas as turmas, e soube que ele ganhou um prêmio de ciências no ano passado. Acho até natural que alguns sintam inveja dele e cheguem ao ponto de atacá-lo por causa disso. Por isso, não tenho intenção nenhuma de descobrir quem está fazendo isso. É um problema da turma toda.

"O que tenho a dizer para cada um de vocês é o seguinte – quer estejam envolvidos nisso ou não. Está claro que Shūya é um aluno brilhante, mas isso não significa que ele é melhor do que o resto. Ser um bom aluno e tirar notas boas é o que Shūya sabe fazer – é um dom especial. Mas cada pessoa aqui na sala também tem seu próprio dom, e em vez de se preocuparem com Shūya, a partir de agora descubram qual é o seu dom e se dediquem a ele. Tenho certeza de que muitos aqui ainda não descobriram o próprio dom, e se esse for o seu caso, peço que me procure. A gente se conhece há poucos meses, mas tenho observado vocês com muito cuidado, e posso ter algumas intuições..."

Nesse momento, algum celular tocou com um tom de mensagem, e Takahiro enfiou a mão embaixo da carteira para desligar o celular. "Merda", murmurou. O problema não era o telefone na sala, mas sim que a gente não podia deixá-lo ligado. Werther confiscou o aparelho e continuou falando.

"O que estou falando aqui é muito sério", disse ele. "Mas um engraçadinho que não consegue seguir as regras interrompeu tudo. Desliguem os celulares! Até as crianças da primeira série saberiam que é proibido deixar qualquer aparelho ligado!"

Ele continuou com o sermão por mais alguns minutos, mas parece que a interrupção acabou sendo mais importante que o *bullying*. Se a pessoa que escreveu o bilhete estava mesmo esperando alguma ajuda de Werther, ela devia estar segurando os suspiros de decepção naquele momento.

Mas o verdadeiro pesadelo ainda não tinha acontecido. A temporada de caça às bruxas estava prestes a começar.

Na verdade, a caça às bruxas começou naquele mesmo dia, depois da aula. Eu não estava participando de nenhum clube, mas fiquei até mais tarde para limpar a sala. Estava calçando os sapatos para sair quando Maki me interrompeu. Maki não mudou nada desde que você foi embora: continua sendo a amiguinha de Ayako, pronta para fazer qualquer coisa que ela mandasse.

"Ayako quer te mostrar uma coisa", disse ela. "Você pode voltar para a sala?"

Tive certeza de que a "coisa" não seria agradável, mas se eu recusasse, teria de lidar com a situação depois, então voltei para a sala junto com ela. Quando passei pela porta, Maki me empurrou pelas costas e eu caí de joelhos. Quando levantei a cabeça, Ayako estava parada na minha frente, e havia mais cinco ou seis colegas formando um círculo à minha volta.

"Você que abriu a boca para o Werther, não foi, Mizuho?", disse Ayako. Ela estava completamente enganada, mas eu já previa que algo do tipo fosse acontecer.

"Não", respondi, olhando para ela. "Não fui eu."

"Mentirosa!", retrucou. "Quem mais poderia fazer isso? Ninguém! Como assim, fazendo '*bullying*'? Estamos punindo um assassino. Será que você não pensa em Moriguchi-sensei? Ou está com peninha daquele assassino?"

De nada ia adiantar discutir com Ayako, então só balancei a cabeça, negando o que ela dizia.

"Não está com pena? Então prova!", disse ela, com uma caixa de leite na mão. "Se jogar a caixa nele, a gente acredita em você."

Quando peguei o leite da mão de Ayako, percebi que Shūya estava deitado no chão do outro lado da sala, com os braços e as pernas presos por uma fita. Todos olharam para ele com um sorriso maldoso no rosto.

Se eu não jogasse o leite nele, será que fariam a mesma coisa comigo – ou pior, começariam a fazer comigo tudo o que não tinham coragem de fazer com Shūya?

Nossos olhares se encontraram. Não faço ideia do que ele estava pensando, mas eu sabia que o olhar de Shūya não me implorava nada, nem tentava me deixar com raiva – o olhar dele estava tranquilo. Enquanto olhava para ele, compreendi instantaneamente: ele não estava pensando em nada, não estava sentindo nada. Era a imagem perfeita de um assassino sem coração. Eu sei que você disse que foi Naoki quem realmente matou Manami, mas se Shūya não estivesse lá, nada daquilo teria acontecido.

Assassino! Assassino! Assassino! De repente, eu não tinha mais dúvidas.

Levantei-me e dei alguns passos na direção dele. Mirei no peito, fechei os olhos e joguei a caixinha com toda a minha força. Quando ouvi o som da caixa estourando, senti aquele prazer estranho brotar em algum lugar dentro de mim.

Eu quero arrebentar esse desgraçado! Quero que pague pelo que fez! Quero que prove do próprio veneno! Essas coisas passavam pela minha cabeça como uma corrente elétrica, dando voltas em minha mente. Até que algumas risadas interromperam meus pensamentos. Qual seria a graça? Abri os olhos devagar. O leite escorria pelo rosto de Shūya, e a bochecha estava vermelha e inchada.

"Muito bem, Mizuho!", murmurou Ayako, despertando mais risadas. Mas eu não entendi o que aquilo tinha de tão engraçado, nem por que Shūya continuava me olhando daquele jeito. Hoje acho que sei o que os olhos dele me diziam.

Que direito você tem de me julgar? De repente, ele me pareceu uma espécie de santo, perseguido por uma multidão de descompensados.

"Me desculpa", deixei escapar, e notei na mesma hora que Ayako tinha escutado.

"Calma aí!", gritou ela. "Você pediu *desculpas* para esse assassino? Mizuho é igualzinha a ele! Vamos dar o que ela merece!"

Ayako às vezes tem o dom de ser teatral, e naquele momento era como se encarnasse a própria Joana d'Arc – embora eu duvide que ela a conheça.

Um segundo depois, já tinham puxado meus braços para trás. Com certeza era um garoto que me segurava, mas eu não sabia quem. Doeu. Eu estava com medo. Queria que alguém me ajudasse – tudo isso passou pela minha cabeça.

"A partir de agora", disse Ayako, continuando seu espetáculo particular, "você e esse garoto são um só!".

Eles me jogaram no chão e eu caí com o rosto bem perto do de Shūya.

"Beija, beija, beija!", começaram a entoar e bater palmas. Eu queria gritar para que parassem, mas estava paralisada de medo. O garoto que prendia meu braço me segurou pela nuca e forçou minha cabeça até que meu rosto tocou o de Shūya, e então escutei alguém estalando os lábios.

"Olha, Ayako, consegui!" Era a voz de Maki.

O garoto me soltou, e, quando me virei, o grupo todo tinha se juntado para ver o celular. Todos riam.

"Foi seu primeiro beijo de amor, Mizuho?", disse Ayako, puxando o celular da mão de Maki e quase esfregando na minha cara. Ela tinha tirado uma foto na hora que minha boca encostou na de Shūya. "Agora o destino dessa foto depende de você, Mizuho", disse ela.

Moriguchi-sensei, eu sei que Naoki e Shūya são assassinos, mas isso não quer dizer que eu consiga perdoar as pessoas que fizeram isso comigo.

Não me lembro de como cheguei em casa naquele dia. Tirei o uniforme que fedia a leite e tomei um banho. Depois me tranquei no meu quarto e não saí para o jantar.

Tive a leve sensação de que alguém ainda segurava meus braços para trás, e o som das risadas continuava ecoando nos meus ouvidos. Comecei a tremer. Queria que a noite durasse para sempre, ou que uma bomba nuclear destruísse tudo. Não consegui dormir porque toda vez que fechava os olhos, me lembrava daquela cena horrível.

Por volta de meia-noite, recebi uma mensagem de texto no celular. Fiquei com medo de ser alguém me mandando a foto, mas quando olhei para a tela, não reconheci o número. Era Shūya. Ele queria saber se eu podia encontrá-lo numa loja de conveniências ali perto. Pensei por um instante e decidi que sim.

Shūya tinha parado a bicicleta na ponta do estacionamento e estava me esperando ao lado. Eu não sabia o que dizer, nem como olhar para ele, então virei o rosto para a bicicleta. Sem dizer nada, ele tirou do bolso da calça um papel dobrado, abriu e me mostrou. A iluminação da rua estava boa, mas mesmo assim não consegui ver o que era. Forcei a vista e acabei vendo alguns números, e custei a entender que era o resultado de um exame de sangue – com o nome dele no topo e a data de uma semana antes.

"Estava na caixa de correio quando cheguei em casa", disse ele, enquanto dobrava o papel e o colocava de volta no bolso.

"Eu já sabia", respondi.

Ele me olhou surpreso – não com olhos de uma criança assassina, mas de um garoto cheio de sentimentos, o tipo de olhar que eu não via há muito tempo.

"Preciso te contar uma coisa", falei. Ele foi até uma máquina automática e voltou com duas latas de suco. Colocou-as no cesto da bicicleta e disse para eu subir na garupa. Até mesmo um estacionamento vazio no meio da noite era público demais para a conversa que precisávamos ter.

O que as pessoas pensariam ao se deparar com um garoto e uma garota numa bicicleta no meio da noite? Não que houvesse alguém para nos ver – quase não passamos por carros ou pessoas no caminho –, mas eu estava nervosa, mesmo que não existisse nada entre nós.

Ele tinha as costas mais largas do que eu pensava – supus que tivesse perdido peso. Enquanto seguíamos na escuridão da noite, parecia que ele tinha chegado para me resgatar no meio do fim do mundo que eu tanto queria. E já que ele havia aparecido para me salvar, eu devia contar a ele o que sabia.

Depois de uns quinze minutos, a paisagem já não tinha mais prédios. Ele parou a bicicleta na frente de uma casa perto do rio. Parecia vazia, e eu tinha quase certeza que ele não morava lá. Mas ele saiu da bicicleta, pegou uma chave e abriu a porta. Ele deve ter percebido minha hesitação, pois se virou e disse que a casa era de sua avó, e depois que ela morreu, seus pais fizeram o lugar de depósito para os produtos da loja.

Nós entramos e Shūya acendeu a luz. Havia um monte de caixas empilhadas no corredor. Elas provavelmente bloqueavam o fluxo de ar, porque o ambiente lá dentro estava úmido e pesado. Resolvemos nos sentar no chão, bem perto da porta. Enquanto girava nas mãos a lata de suco de toranja que ele me deu, comecei a contar o que havia feito naquele dia.

Quando você nos contou o que fizera com Naoki e Shūya, eu não acreditei em apenas um detalhe da história: o final. Era a parte mais assustadora, é claro, e foi de você, Moriguchi-sensei, que tive medo.

Depois que você saiu, Naoki correu para fora da sala e todos foram atrás dele. Quando eu estava saindo da sala, vi as caixinhas de leite vazias perto do quadro, enfileiradas na prateleira, com o nosso nome em cada uma. Como representante de turma, tentei me lembrar de quem era responsável pela limpeza naquele dia. Imaginei que ninguém ia querer encostar nas caixas de leite, e em seguida me vi procurando pelo nome de Naoki e Shūya nas etiquetas.

Naquele dia, você falou muito sobre como devemos encarar as situações logicamente, e talvez por isso eu tivesse começado a questionar sua lógica. Eu podia até entender sua dor e sua tristeza, mas jamais saberia como você se sentia. As pessoas que amo estão todas vivas, e por mais que eu pense como me sentiria se morressem, é só imaginação. Então tive certeza de que você conseguiria ser racional em relação a Naoki e Shūya, por mais que os odiasse.

Peguei uma sacola de plástico no armário, embrulhei as duas caixinhas de leite e levei para casa. Ninguém perceberia que só as caixinhas de Naoki e Shūya estavam faltando, então joguei todas as outras na lixeira atrás do ginásio. Encontrei alguns professores no caminho, mas ninguém disse nada. Por que suspeitariam da representante de turma retirando o lixo da sala? Quando cheguei em casa, abri as caixas e usei luminol para testar se havia sangue no restinho de leite (sei que é estranho ter luminol em casa, mas eu me divirto testando coisas). O resultado foi exatamente o que eu esperava.

“Obrigado por não contar para ninguém”, disse Shūya quando terminei a história.

Eu não soube o que dizer. Não havia guardado segredo por causa dele – eu só não tinha ninguém de confiança para quem pudesse contar. Mas ele estava certo: se eu tivesse contado para alguém da turma, os ataques contra ele teriam sido piores.

“Mas você acreditou nas outras coisas que Moriguchi disse?”, Shūya me perguntou. Concordei com a cabeça. “E você não tem medo de ficar sozinha aqui comigo?” Balancei a cabeça, negando. “Não se importa de conversar com alguém que matou uma criança?”

Olhei nos olhos dele. Se ele era um assassino de crianças, o que dizer dos outros alunos da turma, que o tratavam como um animal? Eu tinha mais medo de mim mesma por ter atirado uma caixa de leite em Shūya do que dele. Seu rosto ainda estava um pouco inchado.

“Me desculpe”, falei, tocando o rosto dele. Uma parte de mim queria sentir o que eu tinha feito. O calor da pele atravessou meu corpo como uma descarga elétrica.

Não sei se meu corpo reagiu como se tivesse levado um choque porque meus dedos estavam frios por causa da lata de suco, ou porque o rosto dele estava quente demais por causa do inchaço. Eu o considerava um demônio cruel, mas quando o toquei, entendi que era um garoto como qualquer outro.

“Por que você me mostrou o resultado do exame?”

Eu estava evitando a pergunta há algum tempo.

“Porque acho que somos parecidos”, disse ele.

Encaixei o dedo no lacre da lata e olhei para ele, sem saber o que dizer. Então ele não tinha aparecido no meio da noite para me salvar.

“Espera”, disse ele. “Você vai beber tudo isso?”

Olhei para a lata. Eu daria conta de tomar tudo, mas entendi o que ele queria dizer, e fiquei feliz.

"Não, acho que não", respondi. Ele me passou a outra lata, que estava pela metade. Tomei alguns goles e a devolvi. Ele bebeu um pouco e me passou a lata de novo. Quando o suco acabou, nos beijamos. Eu não te disse, sensei... eu gosto de outro garoto, mas naquele momento senti que Shūya era a única pessoa do mundo que estava do meu lado.

Nós voltamos para a loja de conveniência, e quando nos despedimos, ele disse que precisávamos ir para a aula no dia seguinte. Eu não queria ir, mas tive medo de acabar me trancando em casa para o resto da vida. E agora, com a presença de Shūya, achei que podia suportar a crueldade.

"Eu vou", prometi.

Quando entrei em sala na manhã seguinte, alguns garotos começaram a assoviar, e ouvi a risadinha de algumas meninas olhando para o quadro. Alguém tinha desenhado um coração e escrito meu nome e o de Shūya. Continuei de cabeça baixa, como Shūya sempre faz, e fui direto para minha carteira. Alguém tinha desenhado o mesmo coração na minha carteira com caneta permanente.

"Mizuho! Bom dia!" Era Ayako, sentada no lugar dela, balançando o telefone para mim. Eu a ignorei e abri o livro que tinha levado comigo.

Aconteceu a mesma coisa quando Shūya chegou. Ele recebeu o mesmo cumprimento, e olhou para o quadro. Tinha o mesmo olhar inexpressivo, mas quando chegou perto da carteira, onde repetiram o desenho de coração, ele soltou a mochila e caminhou até Takahiro, que continuava assoviando.

"Quer me falar alguma coisa, matador de crianças?", disse Takahiro, rindo para Shūya. Ele não respondeu. Só olhou para ele daquele mesmo jeito, mordeu a ponta do dedo e passou no rosto de Takahiro, fazendo uma linha de sangue. O sangue de Shūya. Foi como uma linha simbólica, demarcando o fim das punições e o início de um contra-ataque. Alguns alunos sentados ali perto gritaram, mas em seguida a sala inteira ficou em silêncio.

"Foi você que segurou Mizuki, não foi?", murmurou Shūya perto do ouvido de Takahiro. "Tentando agradar *aquela ali*?", acrescentou, olhando para Ayako.

Em seguida, caminhou até ela e levantou a mão. Um filete de sangue escorreu do dedo até o pulso. Enquanto Ayako cobria o rosto com as duas mãos, Shūya pegou o celular dela com a mão suja de sangue. Ela gritou.

"Você age como se fosse a maior, mandando todo mundo fazer essas merdas pra você, mas é burra demais pra perceber que outra pessoa faz a mesma coisa com você."

Quando terminou de falar, Shūya caminhou até a carteira de Yūsuke, que observava tudo do fundo da sala, como se não tivesse nada a ver com aquilo.

"E é você, seu babaca, que manipula ela e comanda os ataques contra mim". Shūya inclinou o corpo e deu um beijo na boca de Yūsuke. A sala inteira ficou imóvel, e Yūsuke fez uma cara de quem ia vomitar. "Gostou?", perguntou Shūya, abrindo um sorriso no rosto. "Você se faz de honesto e fala de justiça, mas sabia que a filha de Moriguchi sempre ia até a piscina. Se tivesse contado para alguém, ela provavelmente estaria viva. É tudo porque você se sente culpado, não é? Se sente melhor ferrando comigo desse jeito? Existe um nome para gente como você. Hipócrita. Considere isso seu primeiro e último alerta – se você continuar fazendo isso comigo, o próximo beijo vai ter bastante língua."

Depois disso, nunca mais ninguém mexeu com Shūya.

Em julho, mesmo estando na época das provas, eu e Shūya nos encontrávamos naquela casa quase todos os dias. Eu dizia para os meus pais que ia estudar com uma amiga, e como nunca dei trabalho para minha família, eles não reclamavam, mesmo que eu chegasse em casa um pouco mais tarde. Shūya me contou que seu pai tinha se casado de novo quando ele estava no quinto ano, e como estavam com um novo bebê, ele disse para o pai que usaria a casa da avó para estudar. Eles pareciam nem notar se ele não voltasse para casa durante uma semana inteira.

Havia um cômodo nos fundos da casa que Shūya chamava de "laboratório". Ele não estava estudando para as provas. Em vez disso, trabalhava numa invenção que parecia um relógio de pulso, mas não quis me dizer o que era quando perguntei. Mesmo assim, eu gostava de ficar sentada lá observando ele mexer em sua criação, o que quer que fosse. Ele terminou o dispositivo em meados de julho, e me contou finalmente que era um detector de mentiras. Na pulseira havia sensores que detectavam variações na pulsação de quem a usasse. Quando alguma coisa mudava, a tela se acendia e disparava um alarme.

"Experimenta", disse ele.

Coloquei no meu pulso, mas eu estava com medo. E se levasse um choque?

"Está com medo de tomar um choque?", ele perguntou, como se lesse minha mente.

"Não, acho que não", respondi.

Bip, bip, bip, bip – o visor acendeu e o detector soou como um reloginho barato.

"Funcionou!", gritou Shūya. "Fantástico!"

"Fantástico!", repeti, achando realmente impressionante. Acho que Shūya ficou envergonhado. Ele riu. Depois segurou no meu pulso e puxou meu braço para perto de si.

"Era tudo que eu queria", disse ele. "Alguém que me notasse."

Entendi que ele estava falando sobre o que aconteceu com Manami. Era a primeira vez que tocava no assunto. Coloquei a outra mão sobre a dele, que segurava meu punho.

"Você sabe como as crianças adulam os adultos para conseguir o que querem", disse Shūya. "Talvez eu pudesse ter feito isso para ter a atenção que queria. Alguém poderia ter dito: *Encontrei um gato morto no jardim*. Sério? Na verdade, fui eu que matei. *Mentira!...* Sério, às vezes eu mato gatos e cachorros. *Mentira!... Você está falando sério?* Estou, mas eu não mato simplesmente. *Como assim*? Eu uso a Máquina Mortífera que inventei. *Tá brincando! Que fantástico!* Abra! Tem uma surpresa aí dentro... Mizuki, você acha que sou um assassino? Mizuki? O que vou fazer agora?"

Shūya estava chorando, e eu não tinha a menor ideia do que dizer. Então o abracei. Não sei por que, mas o alarme do detector de mentiras disparou de novo.

Estava quase amanhecendo quando voltei para casa.

Werther ficou felicíssimo quando percebeu que o *bullying* tinha acabado. Shūya voltou a sorrir nas aulas e conseguiu as melhores notas da turma nas provas finais. Todo mundo achava que Yūsuke seria escolhido como novo representante, até que alguns alunos começaram a dizer que podiam votar em Shūya. Werther ficou todo animado. Um dia eu o vi piscando para Shūya no corredor enquanto o professor de inglês o cumprimentava pelas notas. Me deu vontade de vomitar.

Mas Werther ainda tinha um grande problema: Naoki. Se o garoto não voltasse logo para a escola, não conseguiria se formar para continuar o ensino médio e depois a faculdade.

Não sei o que você acha sobre isso, mas andei pensando sobre como é difícil admitir nosso fracasso diante de algo que realmente não conseguimos realizar. Sei que você não gosta de quem desiste antes mesmo de tentar, sei que é errado fazer isso, mas acho que é preciso muita coragem para admitir que simplesmente não conseguimos realizar certas coisas. Queria que Werther tivesse coragem suficiente para reconhecer que não conseguiria levar Naoki de volta para a escola. Ou que tivesse iniciativa para conversar com outros professores, que poderiam sugerir outra escola para Naoki – afinal, o motivo de ele não voltar para as aulas estava bem ali, na nossa sala.

Um dia antes de terminar o primeiro trimestre, eu e Werther fomos levar as anotações de aula para Naoki. Devia ser umas 18h, mas o sol ainda brilhava no céu. Eu estava toda suada quando chegamos à casa dele.

Levei uma carta que eu tinha escrito para Naoki, porque não achei justo contar para Shūya o resultado do teste das caixinhas e não dizer nada para Naoki. É claro que eu não achei que ele fosse simplesmente voltar para a escola depois de ler minha carta. Eu não me importava se voltaria ou não. Só queria deixar as costas dele com um peso bem grande a menos.

A mãe de Naoki mal abriu a porta quando Werther entregou a ela as anotações num envelope e o cartão que todos nós assinamos, embrulhado como presente. Estranhei ele não ter levado o cartão ainda – na verdade, teria sido melhor se tivesse se esquecido.

Quando ela passou o braço pela porta, notei que usava uma blusa de manga comprida bem grossa. Talvez o ar-condicionado estivesse ligado, mas ainda assim seria esquisito para um dia de verão como aquele. Não consegui ver o rosto dela direito. Mas tentei entregar minha carta antes que fechasse a porta – nesse momento, Werther enfiou o pé na fresta da porta e começou a gritar.

"Naoki! Se estiver aí, me escuta! Você não é o único que está com problemas esse ano! Alguns colegas estavam fazendo *bullying* com Shūya, mas consegui convencê-los de que estavam errados. Não foi fácil, mas deu certo! E então, Naoki? Sei que é difícil, mas eu posso ajudar! Por que não tenta? Acho que podemos enfrentar juntos esse problema e que eu posso ajudar! Confie em mim. Vá para a cerimônia de encerramento do trimestre. Estamos esperando por você!"

Fiquei com muita raiva por Werther ter feito isso. Ele estava completamente errado sobre tudo! Disse que não estavam fazendo *bullying*, que os alunos estavam com inveja dele, mas agora que acabou é que ele chama de *bullying*. Quando olhei para a janela do quarto de Naoki, vi as cortinas se mexendo um pouco.

Werther estava tão convencido dos próprios argumentos que parecia louco. Estava com os olhos esbugalhados e a expressão confusa quando fez uma mesura para a mãe de Naoki e fechou a porta. Alguns vizinhos nos olharam pela janela, mas Werther apenas sorriu e se virou para mim.

"Mizuho", disse ele. "Quero agradecer por ter vindo comigo todo esse tempo." Ele falava comigo, mas seu tom de voz parecia um pouco mais alto que o necessário – na verdade, dava para todo mundo ouvir. Era como se tivesse começado a se apresentar num espetáculo e eu fosse a única pessoa na plateia, do início ao fim. Eu havia sido levada como testemunha, para atestar que ele era um professor muito dedicado por fazer todas essas "visitas". Tateei dentro do bolso a carta que havia escrito e a amassei, transformando-a numa bolinha de papel.

Naquela noite, Naoki matou a mãe.

Eles encurtaram a cerimônia de encerramento do trimestre e marcaram uma reunião especial do conselho de pais e mestres para aquela tarde.

"Ontem à noite, um de seus colegas se envolveu num incidente muito sério. Ainda não sabemos direito o que aconteceu, mas gostaria de avisar que vocês não correm perigo nenhum." Foi só isso que o diretor nos disse, mas todo mundo já sabia. A gente tinha falado do assunto na sala, todos sabiam que Naoki havia feito uma coisa terrível, e queríamos saber mais detalhes. Voltamos para o horário de aconselhamento depois da cerimônia, mas Werther não nos disse nada. Dava para ver que queria conversar com a gente, mas a escola devia ter proibido o assunto. Quando o horário terminou, todos foram dispensados – menos eu. Werther me pediu para esperar. Não foi uma surpresa para mim, pois eu tinha passado na casa dele poucas horas antes do que aconteceu.

Antes de sair, Shūya me entregou uma coisa e disse que era um amuleto da sorte.

Esperei alguns minutos e Werther entrou na sala.

"Não precisa se preocupar, Mizuho", disse ele, colocando a mão no meu ombro antes de me olhar nos olhos. "Não importa o que perguntarem, diga apenas a verdade". Olhei para ele, sem me desvencilhar da mão no ombro.

"Posso perguntar uma coisa?", perguntei, por fim. Ele assentiu. "Mas antes, você pode colocar isso aqui?" Ele olhou para mim sem entender, eu disse que era um amuleto da sorte, que todos os garotos estavam usando. E entreguei para ele o detector de mentiras que Shūya tinha deixado comigo antes de sair. Werther colocou o relógio no pulso e prendeu a pulseira. "Então, você estava indo à casa de Naoki toda semana porque se preocupava com ele ou para se sentir melhor consigo mesmo?"

"Do que você está falando? Isso é ridículo, Mizuho! Você estava comigo e sabe muito bem! Eu estava fazendo isso por Naoki!"

Bip, bip, bip, bip... Werther olhou para o visor do relógio enquanto o som do alarme ecoava pela sala.

"O que é isso?", resmungou ele.

"Não se preocupe", respondi. "São as trombetas do Juízo Final".

Acompanhei Werther até a secretaria. O diretor estava nos esperando, junto com o coordenador da nossa série e dois policiais. Werther se sentou do meu lado e eles nos pediram para contar tudo que pudéssemos sobre Naoki – mas ninguém nos falou o que tinha acontecido. Contei minha história, como Werther sugerira.

"Toda sexta-feira, eu acompanhava Yoshiteru-sensei até a casa de Naoki para entregar as anotações de aula que a gente copiava. A mãe dele sempre nos recebia, mas não vimos Naoki nenhuma vez. No início, ela parecia muito feliz com nossa presença, mas então comecei a ter a sensação de que estávamos incomodando. Mesmo se estivesse quente, ela usava manga comprida, e algumas vezes notei hematomas no rosto por baixo da maquiagem. Um dia pensei que Naoki pudesse ter batido nela, porque toda sexta-feira, quando levávamos o material, ela devia insistir para que ele voltasse para a escola.

"Ela nunca disse nada, mas notei que nossas visitas começavam a incomodar Naoki. Ele não é o tipo de garoto que fica com raiva e bate nos outros, mas acho que ele se sentia acuado quando nos ouvia chegar e não tinha como botar aquilo pra fora. Ele era muito mimado pela mãe, e acho que tentou machucá-la por não saber mais o que fazer. Vocês podem dizer que ele não tinha uma personalidade forte. Acho que todos os professores sabiam disso, menos Yoshiteru-sensei, que tinha certeza de que poderia resolver sozinho os problemas de Naoki. Mas quanto mais aparecíamos lá, mais Naoki se sentia aprisionado e mais descontava na mãe. Foi por isso que falei para Yoshiteru-sensei que devíamos dar um tempo nas visitas, mas ele não deu a mínima para mim. Ao contrário, só piorou as coisas no dia seguinte, quando começou a gritar na direção da janela de Naoki, tão alto que a vizinhança toda ouviu. Era como se quisesse fazer Naoki passar como uma aberração. Acho que Naoki devia se sentir seguro em casa, já que não conseguia ir para a escola. Mas Yoshiteru-sensei tentou retirá-lo de seu único refúgio.

"Era como se Yoshiteru-sensei estivesse perseguindo Naoki. Mas ele não pensa nunca no que é melhor para os alunos. Nós somos apenas um espelho que ele usa para ver o próprio reflexo. Nada disso teria acontecido se ele não fosse tão egocêntrico."

É difícil de acreditar, mas tudo isso aconteceu num trimestre escolar – durante os quatro meses desde que você foi embora. Estamos nas férias de verão, e fico pensando se Werther estará de volta no trimestre que vem. Se ele for descarado suficiente para aparecer, eu já tenho planejado o que preciso resolver.

Desde o verão passado, coleciono todos os tipos de produtos químicos. Se o mundo ficar insuportável demais, pretendo usá-los em mim mesma como saída. Mas acabei concluindo que deveria fazer um teste com alguém para ver se funciona. Preciso mesmo é de cianeto de potássio, e essa é a melhor hora de conseguir, porque os professores estão mais preocupados com o escândalo e suas reputações do que com as chaves dos armários da escola. Aposto que se eu pedisse as chaves do laboratório para Tadao-sensei, o novo professor de ciências, ele me daria sem questionar.

Nada mais fácil do que fazer Werther ingerir alguma coisa se ele voltar depois das férias. Ele é o único que toma o leite, e acho que não me importaria se outra pessoa tomasse um pouco...

Você deve estar se perguntando por que odeio Werther tanto assim. É porque gosto de Naoki desde o primeiro ano. Ele é meu primeiro e único amor. Acho que comecei a gostar dele quando aquela idiota da Ayako me apelidou de Mizuho. Eu era Mizuki-no-aho – "a louca", porque sempre sabia todas as respostas, e ela morria de inveja. Depois disso, todos começaram a me chamar de Mizuho – menos Naoki, que continuou me chamando de Mizuki. Não sei por que ele não entrou na onda de Ayako – talvez só estivesse acostumado a me chamar de Mizuki –, mas foi o suficiente para eu achar que ele era meu único amigo no mundo.

Uma das irmãs de Naoki me disse que perguntou por que ele tinha matado a mãe deles. Ele respondeu que queria ser preso pela polícia.

Moriguchi-sensei, agora posso lhe fazer minha pergunta.

Depois de ouvir toda a história, o que acha da minha vingança?

CAPÍTULO 3

Complacência

Meu pai me telefonou de repente na manhã do dia 20 de julho. Eu estava no meu segundo ano de faculdade, e faltavam poucos dias para minha viagem de férias, que eu passaria em casa, com meus pais.

Ele tinha duas notícias: a primeira, que minha mãe tinha sido assassinada; a segunda, que o assassino era meu irmão mais novo, Naoki.

Isso complicava as coisas um pouco. Se minha mãe foi assassinada, como parente eu deveria odiar seu assassino; mas o assassino era meu irmão, então eu teria de carregar o fardo de ser parente de um criminoso, enquanto ansiava por sua reabilitação e me desculpava junto às vítimas – sendo que eu mesma era uma delas!

Como fazer tudo isso ao mesmo tempo?

Uma coisa é certa: a imprensa e os parasitas não nos deixariam em paz só por se tratar de um caso de família. Nossa casa estava cercada o tempo todo, e o olhar das pessoas não era de compaixão, tampouco maligno – apenas descaradamente curioso.

Assassinos não são raros no Japão como costumavam ser. Na verdade, são tão comuns que a maioria das pessoas simplesmente boceja quando vê falar de algum na televisão. Mas ainda podem despertar muito interesse quando são uma oportunidade de bisbilhotar as entranhas de uma família desequilibrada – uma oportunidade de ver como a vida pode dar muito errado.

Sensação de não ser amado, falta de disciplina, educação desestruturada, relações humanas desequilibradas. A princípio, todo mundo imagina mil razões para algo terrível ter acontecido a uma família tão agradável; mas basta cutucar um pouco para os problemas mostrarem a cara e percebermos que não dava para evitar: era apenas uma questão de tempo.

Imagino que há pessoas que veem esse tipo de coisa na televisão e pensam na própria família. Eu nunca pensei. Nunca imaginei que pudesse acontecer na minha família. Os Shitamura eram normais – o maior estereótipo de família "comum" que eu conhecia. Mas aconteceu: tivemos nosso próprio caso de assassinato. O que então fazia de nós uma família desequilibrada?

A última vez que estive na minha casa foi no Ano Novo.

No dia 1° de janeiro, eu, Naoki e meus pais fomos ao santuário local para a primeira cerimônia do ano. Depois voltamos para casa e nos sentamos para comer o jantar que minha mãe havia preparado, enquanto assistíamos televisão. Quando cuidávamos da louça, contei para minha mãe das novas amizades que tinha feito nas aulas de tênis, e Naoki falou de um comediante que se apresentou no festival da escola.

No dia seguinte, minha irmã mais velha veio nos visitar com o novo marido, e fomos todos ao shopping conferir as liquidações de Ano Novo. As notas de Naoki tinham subido bastante durante o segundo trimestre, então meus pais compraram o notebook que ele sempre quis, e eu consegui convencê-los a me dar uma bolsa nova.

Era um Ano Novo como qualquer outro: uma comemoração comum para uma família comum. Já passei e repassei mentalmente umas cem vezes tudo o que fizemos e não consigo pensar em nada que pudesse servir de pista para o que viria depois.

O que poderia ter acontecido nos últimos seis meses para fazer tudo dar tão errado?

O corpo da minha mãe tinha uma única punhalada na barriga e uma contusão na nuca. Disseram que ela foi golpeada com uma faca de cozinha e empurrada escada abaixo. Disseram... tudo parecia tão surreal, e mesmo que eu a tivesse visto no necrotério, não conseguia acreditar que estava morta – ou que Naoki era o responsável.

Por que isso aconteceu? Se não descobrir, não conseguirei aceitar a morte de minha mãe. Se não descobrir, não conseguirei aceitar a culpabilidade do meu irmão. Se não descobrir, eu, meu pai e minha irmã não conseguiremos continuar como uma família.

Comecei a entender o problema da minha família dois dias depois da morte de minha mãe – e foi a polícia que começou a explicar. Parece que Naoki não tinha voltado para a escola quando começou o oitavo ano. Na verdade, não é raro que garotos se recusem a ir para a escola ou até saiam de casa, mas o mais perturbador sobre o comportamento de Naoki é que só minha mãe sabia. É compreensível que eu não soubesse de nada por morar muito longe, ou que minha irmã também não soubesse – ela está grávida e mora em outra cidade –, mas é inacreditável que meu pai não tivesse conhecimento da situação, pois estava lá, na mesma casa. Sei que o trajeto entre nossa casa e o trabalho dele é longo e que muitas vezes ele trabalhava até tarde, mas como ignorar durante quatro meses inteiros que seu filho não ia para a escola?

Quando a polícia o questionou, ele disse que podia ter a ver com um incidente ocorrido no terceiro trimestre do ano anterior. Meu pai sempre foi um homem tranquilo e de poucas palavras, mas depois do que aconteceu, ele parecia outra pessoa. Durante o interrogatório, respondeu às perguntas falando sem parar. Vou resumir o que ele disse:

A filha da professora conselheira de Naoki caiu na piscina da escola e se afogou. Naoki por acaso estava presente quando aconteceu, mas não conseguiu salvá-la. A professora achou que Naoki tinha sido um pouco responsável pela morte da filha, o que o deixou muito transtornado, e apesar de a professora ter pedido demissão, Naoki não conseguiu mais ir para a escola depois disso.

Bem, não tenho dúvidas de que uma criança emocionalmente frágil como Naoki teria dificuldades de lidar com uma coisa assim. Até acredito que ele possa ter se afastado do mundo por causa disso. Mas não sei se entendo como isso acabaria com o assassinato da minha mãe.

Quando parou de ir para a escola ou de sair de casa, o que fazia durante o dia inteiro? Como interagia com minha mãe? Já que ela morreu, ele é o único que sabe. Mas ainda não posso visitá-lo. Então, como vou descobrir?

Acabo de me lembrar do que minha mãe me dissera quando comprou um diário para mim no dia em que me mudei para Tóquio.

"Saiba que você pode conversar comigo sempre que estiver triste ou preocupada com alguma coisa. Mas quando não puder, ou não quiser, escreva. Imagine que está conversando com a pessoa em quem mais confia no mundo. É impressionante como nosso cérebro consegue se lembrar das coisas, como nos apegamos a elas, mas, quando você escreve, é sinal de que pode se esquecer e não precisa mais guardar aquilo dentro de si. Lembre-se das coisas boas; escreva as ruins aqui e se esqueça delas."

Aparentemente, a professora predileta de minha mãe no ensino fundamental a havia presenteado com um diário e dito a mesma coisa – para confortar uma aluna que havia perdido os pais, um após o outro.

Então vasculhei a casa até achar o diário de minha mãe.

13 de março

Yūko Moriguchi, professora conselheira de Naoki, veio nos visitar ontem.

Não gostei dela já no primeiro minuto. Até escrevi para o diretor dizendo que não concordava com o fato de uma mãe solteira coordenar uma turma de adolescentes influenciáveis – mas de nada adiantou. Opinião de mãe vale pouco nas escolas públicas. Mas eu estava certa, e a prova veio em janeiro desse ano, quando Naoki se meteu numa briga com alguns garotos e a polícia o levou para a delegacia. A professora conselheira é responsável nessas situações.

Ela devia ter ido à delegacia para resolver o problema. Mas ela estava ocupada demais com a própria filha e mandou um professor no lugar. Se o diretor tivesse transferido Naoki para outra turma, nada disso teria acontecido.

Saiu uma matéria no jornal local contando que a filha de Moriguchi se afogou na piscina da escola. Fiquei chateada, é claro, por ela ter perdido a filha, mas não nego que achei estranho ela levar a menina para a escola. Duvido que isso seria permitido se ela trabalhasse em qualquer outro lugar. Eu até ouso dizer que o que causou a morte da menina foram as regras frouxas dos empregos públicos e a atitude permissiva da mãe.

Como se isso não bastasse, ela apareceu aqui e perguntou um monte de coisas para Naoki, fazendo uma série de insinuações. Primeiro perguntou como ele estava indo nos estudos, e mesmo que ela conhecesse grande parte de seu desempenho, ele relatou tudo de novo. Falou de como entrou para o clube de tênis, mas quis sair porque não suportava o treinador, falou que tinha entrado para um cursinho e de como se envolveu naquela briga com outros garotos dentro do fliperama e foi punido, mesmo sendo a vítima.

Pelo jeito como ele contava a história, dava para ver que estava empolgado com a escola, mas que tudo tinha dado errado. Nada era culpa dele, e mesmo assim ele se sentia miserável. Enquanto o ouvia falar, fui sentindo uma raiva cada vez maior de Moriguchi. O que ela queria aqui em casa? Fazer com que Naoki remoesse aquelas lembranças ruins? Ela não se deu por satisfeita e começou a perguntar o que ele sabia sobre a morte de sua filha.

Por fim, não consegui me segurar.

"Por que você está fazendo essas perguntas?" Eu praticamente gritei com ela. "Isso não tem nada a ver com Naoki!" Mas antes mesmo de eu terminar a frase, Naoki disse algo que quase me fez desmaiar.

"Não foi culpa minha", murmurou ele.

Naoki tinha feito amizade com um colega de classe chamado Shūya Watanabe, no início do terceiro semestre. O jornal havia publicado uma matéria sobre um prêmio de ciências que Shūya ganhara com uma invenção, uma bolsinha antifurtos que dava choque, e na época eu fiquei feliz que Naoki estivesse fazendo as amizades certas. Mas esse Shūya se mostrou um garoto terrível.

Ele queria saber qual seria a reação de quem levasse choque ao segurar no zíper da bolsinha, e convenceu Naoki a escolher a vítima do teste. Naoki é muito bondoso e não quis escolher ninguém da turma, então sugeriu o nome de um ou dois professores. Mas o garoto Watanabe não gostou das opções, até que Naoki mencionou a filha de Moriguchi. Tenho certeza de que Naoki pensou que Shūya jamais faria algo para machucar a menina.

Mas ele não era um garoto normal – esse Watanabe é uma semente podre. Aceitou a sugestão de Naoki e imediatamente começou a bolar um plano. Por fim, naquela tarde, ele carregou Naoki para a piscina e os dois esperaram a menina.

Quase desmaio só de pensar no que Naoki deve ter sentido. Aparentemente, foi ele quem conversou com a menina quando ela chegou para dar comida para o cachorro – para seduzir a pequena, Watanabe contava com a maravilhosa habilidade de Naoki com as pessoas. Quando a menina se sentiu à vontade, Watanabe entregou a ela uma pochete no formato de um coelho. Colocou a alça em volta do pescoço dela e a mandou abrir o zíper.

Para dizer a verdade, eu mesma vi a pochete: eu e Naoki estávamos um dia no shopping e vimos a menina implorar a Moriguchi para comprar uma. Imagino que estivesse ensinando uma lição para a filha, mas se tivesse comprado a pochete naquele dia, poderia ter evitado a cena na loja e impedido o bote de Watanabe. Não era um objeto caro, mesmo para uma mãe solteira.

A menina encostou no zíper e caiu – Naoki foi obrigado a testemunhar a morte dela. Mal consigo imaginar como ele deve ter se assustado. Mas deve ter sido ainda pior entender que Watanabe planejava matar a menina desde o início.

Quando terminou, ele disse que Naoki podia contar para quem quisesse, virou as costas e saiu. Mas em vez de sair correndo e dedurar o garoto, Naoki foi fiel ao amigo. Para dar cobertura a Watanabe e fazer parecer um acidente, jogou o corpo da menina na piscina. E disse a Moriguchi que estava muito transtornado, por isso não conseguia se lembrar de muito mais do que isso.

"Bom", disse ela, com aquele tom de voz arrogante, "como a polícia já confirmou que foi um acidente, não quero causar nenhuma confusão". Que confusão? Para quem? Tudo foi culpa de Watanabe. Ele planejou tudo – Naoki não passou de cúmplice involuntário, uma vítima como qualquer outra. Ela pode ter resolvido não contar para ninguém, mas senti tanta raiva que quase fui eu mesma à polícia para contar toda a história.

Mas Naoki tinha jogado o corpo na piscina. Será que o acusariam de alguma coisa? Ele tentou acobertar o crime de outra pessoa – o que também é considerado crime. Naoki ainda tem muito futuro pela frente. Eu não podia deixá-lo se envolver numa coisa dessas e acabar sendo acusado de cúmplice de assassinato. Então, por mais que me contrariasse, tive de fingir gratidão a Moriguchi. Acompanhei-a até a porta com um sorrisinho de alívio no rosto, mas por dentro meu sangue fervia de ódio.

Eu não tinha nenhuma intenção de contar a história para meu marido, mas naquela noite, achei que podia ser uma boa ideia oferecer algum tipo de compensação para Moriguchi. Seria melhor resolver a situação de uma vez por todas do que lidar com o mesmo problema no futuro.

Mas se a solução dependia de dinheiro, eu precisaria contar ao meu marido. Quando ele chegou do trabalho, contei o essencial da história e pedi que telefonasse para Moriguchi. Ela recusou o dinheiro, o que me deixou pensando nos motivos que a teriam trazido aqui em casa.

Meu marido disse que devíamos contar tudo para a polícia. Ele enlouqueceu? Falei que Naoki seria acusado como cúmplice, mas, para ele, era o correto a fazer, inclusive para Naoki. Acho que é o melhor que podemos esperar de um homem – um pai – nesse tipo de situação, e nesse ponto comecei a me arrepender de ter contado a história para ele. Como sempre, cabe a mim cuidar de Naoki.

Desde o início tive dificuldade de acreditar na história de Naoki. Parecia mais provável que meu pobre filho estivesse lá por acaso e aquele crápula do Watanabe o tivesse obrigado a ficar para depois colocar a culpa nele. Ou talvez fosse Moriguchi. Talvez ela tivesse inventado tudo. Talvez a filha dela tivesse mesmo escorregado e caído na piscina, e desde o início ela fosse a verdadeira criminosa pelo simples fato de ser responsável por cuidar da menina. Como não queria encarar a verdade, aliciou Naoki e Watanabe, que por acaso estavam ali perto, e os obrigou a contar essa mentira. Aposto que aconteceu isso mesmo.

Como ele poderia se envolver nisso? Eu teria percebido alguma coisa errada... e se fosse verdade, eu sei que ele teria me contado muito antes de Moriguchi aparecer para arrancar dele uma possível confissão.

Só pode ser. Aquela mulher patética inventou tudo isso. O que significa que Watanabe também é uma vítima.

É tudo culpa de Moriguchi.

22 de março

Hoje é o último dia do ano letivo.

Eu poderia dizer que Naoki está deprimido desde a visita de Moriguchi, mas ele tem ido à aula todos os dias, por isso tento não me preocupar.

Hoje ele chegou em casa e subiu direto para o quarto. Não desceu para jantar e foi para a cama sem dar boa-noite. Deve estar cansado por causa da tensão e acabou despencando de uma vez.

Ele vai ter tempo para descansar durante as férias, mas fico triste só de pensar que Moriguchi estará lá quando as aulas voltarem em abril.

27 de março

Desde o primeiro dia de recesso, notei que Naoki tem se comportado de um jeito estranho – como se tivesse adquirido uma mania de limpeza, ou um transtorno obsessivo-compulsivo.

O primeiro sinal foi quando me pediu para servir o jantar em pratos individuais, e não em uma travessa para todos nós. Comportamento estranho para um garoto que adorava raspar meu prato quando eu terminava de comer. Depois, todo dia era uma novidade: as roupas dele tinham de ser lavadas separadamente, ninguém podia usar o chuveiro depois dele.

Já vi comportamentos assim na televisão e achei que fosse apenas uma fase, que tivesse a ver com a puberdade, então estou agindo como ele quer. Não sei se esta é a melhor atitude, mas percebo que agora ele não quer que eu toque em nada que é dele.

Ele nunca precisou fazer serviços domésticos, e agora lava a própria louça e a própria roupa. Só as dele, é claro. Enquanto escrevo, concluo que pode parecer que meu filho de repente está se tornando uma criança exemplar, mas fico muito preocupada quando o vejo limpando tudo. Ele passa uma hora inteira esfregando poucos pratos e copos. Depois mistura as roupas coloridas com as brancas dentro da máquina, coloca água sanitária e deixa a máquina completar vários ciclos. Age como se conseguisse enxergar todos os germes do ambiente.

Se fosse apenas isso, acho que eu aceitaria como um caso extremo de TOC e conseguiria ajuda. Mas o problema de Naoki é pior. Ao mesmo tempo em que limpa tudo ao seu redor, age de maneira oposta consigo mesmo.

Está ficando imundo. Não quer fazer nada para se limpar. Não paro de dizer que ele precisa cuidar de si, mas ele se recusa até a escovar os dentes. Ele adorava tomar banho, agora nem chega perto do chuveiro. Hoje, quando passou pelo corredor, dei um empurrãozinho de brincadeira nele na direção do banheiro... ele gritou: "Não encosta em mim!", num tom de voz que eu nunca tinha escutado. Foi a primeira vez que Naoki levantou a voz para mim. Já tentei me convencer de que é só uma fase rebelde, mas me sinto horrível assim mesmo.

Há poucos minutos, ele veio me procurar como se nada tivesse acontecido e começou a recordar coisas que aconteceram há anos. Foi tão estranho – não sei durante quanto tempo vou suportar essa situação.

31 de março

Hoje uma vizinha trouxe alguns bolinhos de feijão-azuqui que comprou em Kyoto. Por mais que Naoki não goste muito, resolvi ir até o quarto dele perguntar se queria um.

Não fiquei surpresa quando recusou. Algum tempo depois, ele apareceu na cozinha dizendo que tinha mudado de ideia e queria experimentar. Fiz uma xícara de chá e ele se sentou. Confesso que fiquei nervosa.

Ele deu uma mordiscada, depois colocou um bolinho inteiro na boca e o engoliu de uma vez só. E por algum motivo, começou a chorar em seguida.

"Eu não sabia que era tão gostoso!", disse ele. "Não sabia!"

Quando o vi chorando, percebi que a mania de limpeza e a falta de higiene consigo próprio não era por causa da puberdade, de uma fase rebelde, TOC ou qualquer outra coisa. Aquilo tinha a ver com o que aconteceu com a filha de Moriguchi.

"Coma quantos você quiser", eu disse.

Ele pegou mais um dentro da caixa, desembrulhou e comeu devagar, dando uma mordida por vez. Tenho certeza de que, enquanto mastigava, estava pensando na garotinha o tempo todo, lamentando por uma criança que nunca mais teria a oportunidade de comer um bolinho como aquele. Naoki é mesmo um garoto especial. Acho que pensa na menina sempre, não importa o que esteja fazendo. Essa limpeza excessiva deve ser seu jeito de tentar se livrar daquela memória terrível, e, ao mesmo tempo, não cuida de si e vive sujo porque se sente culpado por ter um conforto que a menina nunca mais poderá ter.

Ele ainda está se punindo pelo que aconteceu.

Acho que finalmente entendo por que ele tem agido estranhamente nos últimos dias e lamento não ter percebido antes o que está acontecendo. Ele estava pedindo minha ajuda, e eu estava cega demais para ver.

Isso me faz perceber ainda mais que a verdadeira vilã é Moriguchi, com falsas acusações e um jogo mental maligno. Se precisava de um artifício para se livrar da própria culpa, por que não a colocou numa pessoa desequilibrada como ela? Não consigo nem dizer em palavras o quanto é covarde culpar um garoto doce como Naoki. Ela deve ter pedido demissão porque não conseguiu lidar com os próprios sentimentos. Teria de encarar os mesmos alunos no início do ano, então a única solução foi ir embora. Estou pensando em escrever para o diretor pedindo para encontrar um rapaz jovem e entusiasmado para ocupar o lugar dela.

Naoki precisa parar de se preocupar. Precisa esquecer essa história. E a melhor maneira de esquecer as coisas dolorosas da vida é escrevê-las num diário como este.

Acabei de me lembrar – quem me ensinou isso foi minha professora predileta do ensino fundamental. Por que tive a sorte de estudar com uma professora tão maravilhosa, enquanto Naoki foi cair nas mãos de uma imprestável feito Moriguchi? Isso mesmo que ela é: imprestável.

Ele só teve um pouco de azar. Mas sua sorte está chegando.

Tenho certeza.

3 de abril

Hoje fui à papelaria e comprei um diário com fechadura. O cadeado dá a sensação de estarmos enclausurando tudo que despejamos nas páginas.

Levei o diário para Naoki há poucos minutos, dizendo que eu sabia que ele estava guardando muitas angústias dentro do peito.

"Você não precisa guardar isso tudo aí dentro", falei. "E também não precisa me dizer nada. Simplesmente escreva."

Como ele é um adolescente, fiquei com medo de achar que diário era coisa de menina, mas ele o pegou na mesma hora. Depois começou a chorar de novo.

"Obrigado, mãe. Não sou muito bom para escrever, mas vou tentar."

Também comecei a chorar. Agora já me sinto melhor, tento não me preocupar. Tenho certeza de que ele vai se recuperar logo. Sei que posso ajudá-lo a esquecer esse aborrecimento.

Tenho certeza.

8 de abril

Geralmente escrevo no diário coisas ruins, das quais quero me livrar, mas hoje sinto que devo escrever sobre algo que me deixou muito feliz.

Mariko veio aqui hoje para me dizer que está grávida! Está só no terceiro mês, e a barriguinha ainda não apareceu, mas dá para ver no rosto dela que está confiante, feliz e pronta para ser mãe.

Ela trouxe profiterole, a sobremesa predileta de Naoki, para que nós três comemorássemos juntos. Ele se recusou a descer quando o chamei no quarto; disse que estava um pouco resfriado e não queria passar para a irmã.

Mariko ficou chateada, mas disse que Naoki era muito mais atencioso que o marido; reclamou que ele não para de fumar perto dela, mesmo sabendo que é prejudicial para ela e o bebê.

Ela continuou reclamando, mas eu não escutei. Percebi que não estava entendendo Naoki direito. Estava tão preocupada com seu estranho comportamento que não consegui mais enxergar meu próprio filho. Ele não era apenas meu menino doce; havia crescido e amadurecido a ponto de demonstrar uma consideração real pela irmã. Fiquei muito feliz por perceber isso.

Fiquei ainda mais feliz ao vê-lo se inclinar para fora da janela quando Mariko estava saindo e acenar para ela. "Parabéns, Mariko!", gritou.

"Obrigada, Naoki", respondeu a irmã, acenando de volta enquanto descia a rua.

Observando os dois, todas as dúvidas que me pesavam sobre minhas habilidades como mãe desapareceram. Eu tinha educado bem meus filhos.

Fui criada numa família maravilhosa. Meu pai era rígido; minha mãe, a esposa exemplar; eles tiveram eu e meu irmão – a família perfeita. Todos os parentes e vizinhos falavam do quanto nos admiravam e até invejavam. Meu pai deixava a casa por conta da minha mãe enquanto trabalhava como um burro dia e noite para nos manter; graças ao esforço dele, nossa condição de vida foi um pouco melhor do que das famílias vizinhas.

Minha mãe era rígida comigo, cuidando de minha educação e me ensinando a ter modos e etiqueta, o que me permitiria andar de cabeça erguida independentemente de onde estivesse ou com quem me casasse. Meu irmão, por outro lado, era mimado, paparicado e elogiado. Aprendeu a ser confiante e a fazer exatamente o que ditavam suas opiniões e preferências. O objetivo de minha mãe era consolidar uma vida doméstica que permitisse ao meu pai concentrar todas as suas energias no trabalho, então assumia a responsabilidade de resolver todos os problemas.

Talvez, justamente por sermos uma família afortunada, o destino tenha nos proporcionado uma tragédia depois da outra. Quando eu estava terminando o ensino fundamental, meu pai morreu num acidente de carro. Minha mãe adoeceu e morreu logo depois. Meu irmão é oito anos mais novo do que eu – era apenas um garotinho quando passamos a viver com parentes. Por causa da diferença de idade, comecei a agir como se fosse uma nova mãe para ele. Seguindo o exemplo de minha mãe, eu era rígida comigo mesma, mas tratava meu irmão com muito carinho e complacência. Gosto de pensar que foi por isso que ele entrou para uma das melhores universidades do país, conseguiu emprego numa empresa conceituada, construiu a própria família e prosperou na vida.

Acho que isso explica por que sinto que nada vai dar errado se eu seguir o exemplo de minha mãe.

Naoki continuou demonstrando sintomas de TOC combinados com um descaso por si próprio – não consigo encontrar outra maneira de descrever sua condição –, mas depois que dei a ele um diário, seu humor parece um pouco melhor.

Agora, pensando um pouco na situação, também percebi que minhas duas filhas mais velhas tiveram fases assim. Mariko estava quase entrando no ensino médio quando resolveu parar com as aulas de piano de repente, e Kiyomi tinha mais ou menos a mesma idade quando parou de usar as roupas que eu comprava para ela.

Naoki teve o azar de se envolver nessa confusão durante um momento sensível de sua adolescência, e acho que está tentando descobrir o que fazer a partir de agora, descobrir o que será de sua vida. Preciso me lembrar disso e tentar manter a calma. Se eu continuar elogiando qualquer pequena coisa que ele faz e demonstrar um amor incondicional, assim como minha mãe e eu fizemos com meu irmão, tenho certeza de que terei meu Naoki de volta. Ou melhor, tenho certeza de que terei meu Naoki de volta, porém mais maduro.

Ele só precisa descansar e se recuperar durante o recesso.

14 de abril

Há alguns anos, todo mundo começou a falar dos *hikikomoris* – jovens que se isolam da sociedade e passam meses, às vezes anos, trancados em casa. Dizem que os casos crescem a cada ano, caracterizando um grande problema social.

Mas quando escuto esse termo, fico pensando se o problema não está nas próprias palavras, na ideia de rotular crianças que param de ir para a escola ou procuram trabalho. Acho que encontramos nosso equilíbrio e nosso lugar na vida participando da sociedade, pertencendo a algum lugar e assumindo o título dessa posição – mãe, professor, médico. Não pertencer a lugar nenhum, ou não ter qualquer tipo de título, significa que você não é membro da sociedade. Acho que a maioria das pessoas normais, quando se vê sem uma posição ou um rótulo, deve sentir uma ansiedade horrorosa e fazer o que podem para garantir um lugar no mundo o mais rápido possível.

Mas quando começamos a chamar esses jovens de *hikikomoris*, a palavra se torna um rótulo para eles, um sentido de pertencimento. Eles se sentem confortáveis e amparados em casa, certos de que sua condição de isolamento é reconhecida pela sociedade e tem uma função. Se existe uma categoria para eles, qual o sentido de ir para a escola ou procurar emprego?

Uma vez que a sociedade aceita esses nomes e posições, há muito pouco que possamos fazer – mas não consigo entender pais que se sentem confortáveis em chamar seus filhos de *hikikomoris*. Como terão confiança em si mesmos diante da sociedade? Só vejo uma explicação: querem pôr a culpa da condição dos filhos na escola, na sociedade, em tudo – menos na situação familiar.

Estão enganando a si mesmos. A escola e a sociedade podem ter alguma coisa a ver com o problema, mas a personalidade da criança se molda em casa; os pais precisam entender que a raiz do problema também está lá, de alguma maneira.

Uma criança se torna *hikikomori* por causa de algum problema em sua vida familiar. Se for isso mesmo, com certeza Naoki não é *hikikomori*.

As aulas começaram há uma semana, mas ele ainda não voltou para a escola. No primeiro dia disse que estava febril, por isso não dei muita atenção. Telefonei para a escola e falei com um rapaz, o novo professor conselheiro. Foi ótimo saber que o diretor finalmente viu as coisas do meu jeito, e na mesma hora dei a notícia para Naoki.

"Naoki, o novo professor é um rapaz. Tenho certeza que será mais receptivo", falei.

Mas no dia seguinte ele continuou "febril", e no outro dia não teve vontade nenhuma de ir para a escola. Quando tentei tocar a testa dele para sentir a febre, ele se afastou e quase rosnou para mim. Entreguei o termômetro e ouvi outra desculpa.

"Não é exatamente febre... é mais uma dor de cabeça."

Sei que Naoki não está doente. Mas também não está fugindo. A ideia de ir para a escola traz à tona aquele incidente horroroso, acho que é isso que o mantém em casa.

Naoki está cansado psicologicamente. Precisa de repouso. Vou levá-lo ao médico e fazer alguns exames. Se ele continuar em casa sem diagnóstico nenhum, os vizinhos vão começar a chamá-lo de *hikikomori*.

Ele pode até não gostar da ideia; mesmo assim, precisa ver o médico pelo menos uma vez. Terei de ser rígida com ele nisso.

21 de abril

Hoje levei Naoki a uma clínica aqui perto.

Eu sabia que ele resistiria. Eu não queria ser uma daquelas mães que perdem o controle dos filhos, do tipo que começaria a chamá-lo de *hikikomori*.

"Se não quiser ir ao psiquiatra, vai ter que voltar hoje mesmo para a escola", eu disse. "Mas se for ao médico e ele atestar alguma coisa, não falo mais que você tem que ir para a aula. Talvez você não saiba que problemas psicológicos também são tratados como doenças. Vamos ao médico e depois vemos o que fazer."

Ele pensou por alguns instantes.

"Eles vão fazer exame de sangue?", perguntou. Naoki tem medo de agulhas desde pequeno, e senti um amor ainda maior por ele quando entendi que essa era sua preocupação. Ele ainda é um menino.

"Não se preocupe, não vou deixar ninguém tirar seu sangue", respondi, e ele começou a se arrumar. Me dei conta de que ele não saía de casa desde o último dia de aula.

Ele passou por um rápido exame geral, depois por uma consulta de mais de uma hora. Em vez de responder as perguntas que o médico fez, ficou sentado o tempo todo, de cabeça baixa, sem dizer nada. Parecia incapaz de explicar como se sentia física ou psicologicamente, então tive de interferir e contar o que estava acontecendo.

Eu disse que a professora de Naoki o havia acusado falsamente de um crime, e que ele não se sente mais confortável em ir para a escola. Também falei da mania de limpeza.

O médico falou que Naoki tinha um desequilíbrio de sistema nervoso e pediu para que eu não o obrigasse a ir para a escola – era importante não o deixar estressado e ajudá-lo a relaxar. Ou seja, o médico me mandou deixar Naoki em casa.

No caminho de volta, perguntei se Naoki queria comer alguma coisa. Ele disse que adoraria comer um hambúrguer, e sugeriu um fast-food. Eu não gosto desses lugares, mas imagino que, nessa idade, os garotos devem ansiar por esse tipo de comida de vez em quando. Fomos ao restaurante que ele queria, em frente à estação.

Enrolei um guardanapo no meu sanduíche e comecei a comer. Percebi então que Naoki tinha escolhido um fast-food por causa da mania de limpeza. Nesses lugares, a gente não precisa usar pratos e talheres que outros usaram antes, e nada do que usamos será reutilizado depois.

Na mesa ao nosso lado havia uma menina de uns quatro anos sentada com a mãe. Me peguei criticando mentalmente a mulher por levar uma criança tão nova a um lugar como esse; como a menina estava tomando leite, acabei me tranquilizando. Até que ela deixou a caixinha cair e espalhou tudo no chão. O leite espirrou na calça e no tênis de Naoki, que ficou branco como um fantasma e foi correndo para o banheiro. Acho que deve ter vomitado tudo que comeu; estava pálido quando voltou para a mesa.

É quase certo que esteja mentalmente instável, mas também estou preocupada com a saúde física dele. Amanhã vou mandar o atestado médico para a escola e deixá-lo descansando em casa por enquanto.

4 de maio

Naoki passa quase todo o tempo limpando as coisas.

As unhas dele estão enormes, e ele esfrega cada prato durante uma eternidade. Está sempre lavando e secando as roupas, embora continuem amarrotadas. Toda vez que usa o banheiro, desinfeta o vaso, as paredes, até a maçaneta da porta.

Ele não dá a mínima quando digo que posso fazer tudo, e se tento ajudar, ele grita comigo por ter encostado nos pratos ou nas roupas. Ele não fez nada de errado, talvez eu deva deixá-lo mesmo na dele. Mas volto a repetir: tenho certeza de que isso tudo tem a ver com o que aconteceu na escola e me sinto na obrigação de fazer alguma coisa.

Sei que ele deveria estar tomando banho pelo menos uma vez na semana; no entanto, como não tem saído de casa, não está transpirando nem se sujando, então não vou me incomodar.

A hora do chá é meu momento predileto do dia, e se Naoki estiver de bom humor, preparo alguma guloseima – um truque que aprendi depois que os vizinhos compraram aqueles bolinhos de feijão-azuqui. Nós nos sentamos para comer, e às vezes ele até diz que está morrendo de vontade de comer minhas panquecas especiais. Naoki não me acompanha quando vou às compras; apesar disso, fico satisfeita quando compro umas coisinhas que ele gosta.

Não tenho certeza do que ele faz no resto do tempo – deve mexer no computador, jogar videogame, dormir... fica sempre no quarto e faz pouco barulho.

Talvez esteja apenas dando um tempo da vida.

23 de maio

O novo professor conselheiro de Naoki, Yoshiteru Terada, fez a gentileza de nos visitar hoje.

Conversei com ele várias vezes pelo telefone, e agora, vendo-o pessoalmente, fiquei impressionada com sua energia e dedicação. Naoki disse que não queria sair do quarto. Mesmo assim, Terada-sensei ouviu com muito zelo tudo que contei.

Ele também levou uma cópia das anotações de todas as aulas para Naoki. Fiquei particularmente grata com o gesto, pois estava preocupada com seus estudos. Ele pode precisar de um tempo para descansar, mas não quero que se atrase nos estudos. Esse Terada parece um professor cuidadoso e preocupado.

Fiquei intrigada, por outro lado, com o fato de ter trazido Mizuki Kitahara com ele. Talvez tenha pensado que trazer uma colega de classe ajudaria Naoki a relaxar, mas eu preferiria que tivesse escolhido alguém que não morasse aqui perto de casa.

Embora a escola saiba da condição de Naoki, não sei o que Terada-sensei falou na sala de aula. Se Mizuki chegar em casa e contar para os pais que Naoki se tornou um *hikikomori*, e os pais dela, por sua vez, comentarem com os amigos, a cidade inteira vai ficar sabendo. Amanhã vou telefonar para agradecer a Terada, e talvez pergunte se ele pode pedir que a turma escreva algo para animar Naoki.

Subi ao quarto dele para entregar a matéria copiada, mas quando abri a porta, ele jogou um dicionário em mim e gritou algo terrível – que eu era uma velha idiota que fofocava com os outros. Achei que meu coração ia parar. Nunca vi Naoki agir ou falar daquele jeito horrível. Nem sei dizer por que estava tão transtornado. Mais tarde, preparei o hambúrguer de que ele mais gostava, mas ele não desceu para jantar.

Acho que Terada-sensei vai conseguir ajudar Naoki, e isso me dá coragem para seguir adiante.

12 de junho

Naoki continua com seu comportamento obsessivo, mas deve ter se cansado de lavar louças. Hoje pediu para eu começar a servir a comida em pratos descartáveis, e também quer usar pauzinhos e copos descartáveis. Embora eu ache um desperdício, se isso o deixa tranquilo, vou comprar tudo amanhã.

Ele não toma banho há mais de três semanas, e usa a mesma roupa e a mesma cueca todos os dias. Está com o cabelo ensebado e começou a exalar um odor azedo. Não consegui suportar e comprei lenços umedecidos para limpar o rosto dele, mesmo sabendo que ficaria chateado. Ele me enxotou do quarto, eu tropecei e bati a cabeça no corrimão.

Ele não desce mais para o lanche da tarde.

Mas continua limpando o banheiro.

Achei que estava se acalmando, até vê-lo terrivelmente agitado. O que será que aconteceu? Tenho medo de que seja por causa das visitas do professor e de Mizuki. Eles vêm toda sexta-feira, e agora Naoki fica trancado no quarto durante períodos cada vez mais longos depois que vão embora. Eu já disse que ele pode ficar em casa por enquanto, mas as visitas podem ter feito Naoki duvidar de mim, ou achar que estou tentando, em segredo, mandá-lo de volta para a escola.

Por mais que a energia e o entusiasmo de Terada-sensei tenham me enchido de energia, o tempo está passando, e sua possível ajuda não está acontecendo. Ele traz a matéria, mas parece não ter ideia do que fazer depois, não tem um plano ou uma estratégia. Se chegou a discutir o problema de Naoki com a direção ou a coordenação, para mim ainda é um mistério o que eles pensam.

Pensei em telefonar para a escola e pedir ajuda, mas tenho medo de Naoki escutar e nunca mais sair do quarto. Por isso não vou procurar a escola.

3 de julho

Nós moramos na mesma casa, mas não vejo Naoki há dias. Ele não sai mais do quarto.

Quando levo comida em pratos descartáveis, ele pede para eu deixar na porta e só pega depois que saio. Não toma banho há mais de um mês e parece que não troca de roupa.

Ele precisa sair para ir ao banheiro, é claro, mas parece escolher os momentos em que estou fora ou ocupada com alguma coisa. Quando chego em casa, muitas vezes noto que o banheiro foi desinfetado, embora um cheiro azedo paire no ar. Não é um cheiro de excrementos – é mais parecido com o de carne podre.

Naoki parece se sentir algum tipo de guerreiro – a armadura é a imundície de seu corpo, e o quarto, seu castelo sitiado.

Achei que ele superaria a situação se eu simplesmente observasse e esperasse. Em vez disso, está se isolando cada vez mais. Eu mesma terei de enfrentar seus medos e angústias.

11 de julho

Vestindo sua armadura de sujeira, Naoki dorme no quarto assustadoramente limpo e asseado. Se tudo continuar bem, ele ficará desse jeito até a noite.

Não me orgulho de ter misturado remédio para dormir na comida dele, mas não consegui pensar em outro jeito de limpá-lo, de arrancar essa capa de imundície do seu corpo. Tenho certeza de que essa sujeira, produto de seu sentimento de culpa, é o que o mantém afastado do mundo.

O quarto estava escuro por causa das cortinas fechadas, por isso tive de chegar perto da cama, apesar do cheiro, para ver o rosto de Naoki. A pele dele era bonita, mas agora tinha espinhas, que pareciam pequenas feridas, brotando no meio da sujeira e da gordura, e o cabelo dele estava cheio de uma crosta de caspa. Mesmo assim não resisti e acariciei seu rosto gentilmente.

Eu estava com uma tesoura na outra mão e encostei a ponta num tufo de cabelo que cobria sua orelha. É a mesma tesoura que usei para confeccionar uma mochilinha na qual ele guardava o material no primeiro ano – ela fez um barulho alto quando cortei a primeira mecha. Apesar do medo de acordá-lo, consegui cortar um pouco do cabelo.

Eu não queria cortar o cabelo todo. Só queria deixar feio, achando que com isso ele teria vontade de ir ao barbeiro. Só queria abrir uma fenda na armadura que o protegia.

Os fios caíram na cama, e concluí que talvez começassem a pinicar, e assim ele acabasse tomando um banho. Fiz o que pude e o deixei dormindo.

Quando comecei a fazer o jantar, ouvi um grito animalesco vindo lá de cima. Foi tão brutal que demorei um instante para entender que era Naoki. Subi as escadas correndo e abri devagar a porta do quarto – fui recebida pelo *notebook* voando na minha direção. O quarto, que há poucas horas estava arrumadíssimo, virou uma bagunça, e a criatura que uma vez tinha sido meu filho gritava como um monstro, jogando tudo contra as paredes.

"Naoki, para com isso!"

Gritei tão alto que eu mesma me surpreendi.

Ele parou. Ficou imóvel, depois se virou lentamente e olhou para mim.

"Sai daqui", disse ele, a voz inexpressiva.

Nesse momento, entendi que ele tinha enlouquecido. Eu devia ter recuperado o controle e abraçado-o, independentemente do que fizesse. Mas pela primeira vez na vida, fiquei apavorada com meu próprio filho e descobri que não suportava estar no mesmo lugar que ele. Corri o mais rápido que pude.

Concluí que não conseguiria mais lidar sozinha com aquela situação e resolvi contar o que estava acontecendo para meu marido. Recebi então uma mensagem de texto no celular, que quase nunca uso, dizendo que trabalharia até tarde e talvez nem voltasse para casa.

Não tenho o que fazer além de escrever tudo isso no diário.

Estou bem embaixo do quarto de Naoki, e tudo está silencioso de novo. Talvez ele tenha voltado a dormir.

12 de julho

Acabei dormindo sem querer no sofá da sala enquanto escrevia e acordei de madrugada com o som do chuveiro. Achei que meu marido tinha chegado, mas depois vi as roupas de Naoki no chão.

Ele decidiu por si só tomar um banho. Difícil imaginar isso depois de ver sua reação na noite de ontem... talvez tivesse se acalmado depois de dormir e pensado melhor.

Minha estratégia de abrir uma fenda na armadura deu certo!

Ouvi a água do chuveiro correr por mais de uma hora. E se ele estivesse pensando em alguma loucura, como cometer suicídio? Fiquei com medo e encostei o ouvido várias vezes na porta do banheiro. Escutei o barulho de Naoki pisando no azulejo e esfregando a esponja na pele, então desci para esperar na sala. Era o primeiro banho que tomava em quase dois meses, é claro que ia demorar.

Acho que perdi o ar quando vi Naoki sair do banheiro. Ele tinha raspado totalmente a cabeça.

Foi um choque, mas entendi que era a solução mais higiênica. Com a cabeça raspada, ele parecia um monge que havia se livrado de todas as suas angústias. Ele também cortou as unhas e vestiu as roupas limpas que eu tinha deixado para ele.

Para dizer a verdade, não foi reconfortante ver Naoki naquele momento. Seu rosto estava totalmente inexpressivo – como se, junto com a sujeira, ele tivesse se livrado de todas as emoções humanas.

Eu não sabia o que dizer, e ele acabou falando primeiro.

"Me desculpe por tudo", disse ele, com a voz igualmente inexpressiva. "Vou ao mercado e já volto."

Além de tomar banho, ele ia sair de casa? Falei na mesma hora que queria ir junto, mas ele disse que preferia ir sozinho. É claro, meu instinto me dizia para segui-lo, mas fiquei com medo de ele me ver e estragar tudo que eu tinha feito até aquele momento. Resolvi sentar e esperar.

Quando o vi descendo a rua, notei que a primavera tinha acabado – estávamos no verão!

17 de julho

O que vou descrever aqui – a ida de Naoki ao mercado – aconteceu mais ou menos meia hora depois do que relatei da última vez que escrevi. Já se passaram vários dias e andei chateada demais para conseguir escrever no diário.

Depois que ele saiu, achei que seria bom deixar o café da manhã pronto, então fui para a cozinha e comecei a preparar ovos mexidos com bacon, uma das coisas de que ele mais gosta. Meu celular começou a tocar, e, como já escrevi, isso quase nunca acontece.

Tive um mau pressentimento e estava certa. Era o gerente da loja de conveniência que ficava na nossa rua dizendo que estava com Naoki e que eu fosse até lá imediatamente.

Na mesma hora pensei que ele tinha roubado alguma coisa na loja. Por mais que eu tivesse lhe dado bastante dinheiro, ele continuava abalado e talvez tivesse feito algo por impulso.

Mas não era algo simples como roubar. O gerente contou que Naoki entrou na loja e ficou passeando pelos corredores durante um tempo. O gerente o viu colocar as mãos no bolso e achou que poderia estar roubando, mas Naoki voltou a percorrer os corredores, dessa vez esfregando a mão nas garrafas e nos alimentos nas prateleiras. Embora fosse um comportamento esquisito, não era motivo para deter uma criança – só que Naoki estava passando o próprio sangue nos produtos. Ele estava com a mão direita enrolada numa gaze, que ele mesmo tinha pegado na prateleira depois que o seguraram na loja. E no bolso de Naoki encontraram uma gilete, que ele tinha pegado no banheiro aqui de casa.

O gerente disse que nunca tinha visto algo assim. Sem saber o que fazer, resolveu telefonar para o primeiro número da agenda no celular de Naoki – o meu. Naoki se recusou a dizer qualquer coisa para o gerente ou qualquer funcionário do mercado. Como não havia cometido nenhum crime, resolveram não chamar a polícia, e eu solucionei o problema pagando por todos os produtos sujos de sangue.

Ele voltou para casa sem dizer nada. Como eu estava fazendo café da manhã antes de sair, voltei para a cozinha. Naoki me seguiu e se sentou na mesa. Talvez não quisesse voltar para o quarto, que estava de pernas para o ar. Coloquei sobre a mesa as sacolas com os produtos que ele tinha sujado e me sentei na frente dele.

Perguntei por que tinha feito uma coisa tão terrível. Não esperava uma resposta, mas não podia deixar de perguntar. E ele respondeu.

"Eu queria ser preso", disse, com a voz sem nenhuma emoção.

"Preso? Por quê? Como assim, ser preso? Você ainda está falando sobre o que aconteceu com a filha de Moriguchi-sensei? Você não fez nada de errado! Precisa esquecer essa história."

Ele não respondeu, e eu percebi que era a primeira vez que realmente tocávamos no assunto. Tentei ser a mais cordial e positiva das mães, achando que aquela poderia ser a única chance de Naoki colocar a cabeça no lugar de novo.

"Estou morrendo de fome", falei. "Não como *onigiri* há séculos, acho que nunca comprei pronto no mercado. Vou experimentar, já que compramos tantos."

Peguei uma bandejinha numa das sacolas. O rótulo dizia que era de atum e maionese, mas o plástico estava borrado com o sangue seco de Naoki.

"Não come isso, não. Você pode pegar aids", disse Naoki.

Ele tirou o *onigiri* da minha mão, abriu e começou a comer. Não entendi o que ele quis dizer e perguntei por que tinha falado em aids.

"Moriguchi-sensei me deu leite infectado com o vírus da aids."

De algum modo, o tom de voz e a expressão de Naoki continuaram totalmente neutros, mesmo ele me dando essa notícia horrorosa. Minha cabeça girou, com aquelas palavras ecoando, e senti o corpo inteiro arrepiar.

"Você está falando sério, Naoki? Isso é verdade?"

"É. Ela contou que tinha feito isso no último dia de aula. Aquele professor militante, Sakuranomi-sensei, era o pai da filha dela. Você sabe quem é, já me falou que gosta dos livros dele. Disseram que ele morreu de câncer, mas ele morreu de aids, e Moriguchi-sensei misturou o sangue dele no nosso leite – meu e de Shūya."

Durante essa confissão repugnante, a expressão de Naoki não mudou. Mas quando ele terminou de falar, uma expressão quase alegre brotou em seu rosto. Levantei de súbito, fui até a pia e vomitei sem parar.

Moriguchi era um monstro por infectar meu doce Naoki com o vírus da aids. E ele teve de carregar sozinho esse segredo terrível, sem contar para ninguém, nem para mim. O comportamento obsessivo e o desleixo consigo mesmo, as lágrimas de quando comeu aqueles bolinhos de feijão-azuqui... tudo fez sentido. Me senti agradecida por ele ainda estar vivo.

"Você vai comigo ao hospital agora", eu disse. "Vou contar tudo para eles."

Queria que fizessem alguma coisa imediatamente, nem que fosse drenar todo o sangue do meu filho e substituí-lo por outro. Fiquei cada vez mais nervosa, mas Naoki estava calmo. Talvez porque ainda não tivesse terminado. As palavras que disse depois foram um pesadelo ainda pior e me mandaram para as profundezas do inferno em que eu já tinha caído. Acho que não consigo resumir, vou escrever do jeito que ele falou.

"Não preciso de um hospital", disse ele. "Devíamos ir para a delegacia."

"Delegacia? Claro, Moriguchi precisa ser presa."

"Ela não. Quero que *me* prendam."

"Como assim? Por que você quer ser preso?"

"Porque sou um assassino", ele respondeu.

"Não seja ridículo! Você não matou ninguém. Não sei nem se acredito no que você disse sobre jogar o corpo da menina na piscina, mas mesmo se tiver feito isso, não é assassinato."

"Moriguchi-sensei disse que a menina estava só inconsciente, que morreu porque a joguei na piscina."

"Isso é um absurdo! Mesmo assim, você não sabia, e continua sendo acidente."

"Não, você está errada", disse ele, com um sorriso se abrindo no rosto. "Ela abriu os olhos enquanto eu a segurava. Só depois eu a joguei na piscina e deixei que se afogasse."

Não consigo escrever mais nada hoje.

19 de julho

Aquele idiota do Terada esteve aqui de novo e fez uma coisa horrível. Parou na porta e começou a gritar, e gritou tão alto que todos os vizinhos devem ter escutado. E ainda teve coragem de trazer um cartão enorme que os colegas de Naoki fizeram para ele, com uma mensagem medonha escrita com hidrográfica vermelha.

> Melhoras! Ouça seu coração! Repense voltar! Repense seus atos! Amplie seus horizontes, Agora é a hora! Sabemos disso! Sabemos da sua dor! Ainda queremos que volte! Sinta-se em casa! Saiba que nada mudou! Imagine! Ninguém te esqueceu! Ouça nossa voz!

Eles devem achar que criaram um código maravilhoso, uma cifra que a estupidez de Terada não o faria perceber, mas eu notei quase imediatamente. As primeiras letras formavam "Morra, Assassino!" Naoki é um assassino... um assassino que tem de suportar essa violência de crianças estúpidas que acham certo se divertirem com essa desgraça. Pelo menos eles me ajudaram a tomar uma decisão.

Antes disso, eu achava que Naoki tinha jogado a filha de Moriguchi na piscina depois de Watanabe tê-la matado – nada mais que isso. E depois me convenci de que Moriguchi tinha inventado tudo. Mas a verdade era muito mais terrível. Ele jogou a menina na piscina depois que ela voltou a si. Em outras palavras, o assassinato foi intencional.

Quando Moriguchi veio aqui em casa e questionou Naoki até ele confessar, achei que ele estava mentindo e que Moriguchi o tinha obrigado a mentir. Por isso tive certeza de que ele era inocente. Agora vejo que mentiu desde o início, intencionalmente.

Eu preferia não ouvir a verdade horrível que ele me contou, mas agora não acho que esteja mentindo. Sou a mãe de Naoki, e uma mãe percebe quando o filho mente.

"Mas eu sei que foi porque você estava assustado. Você a jogou na piscina depois que ela abriu os olhos porque estava com medo." Repeti essa frase várias vezes para Naoki. Sei que pareci uma idiota, uma mãe cega de amor pelo filho, mas ao me ver obrigada a admitir que Naoki tinha cometido um assassinato, comecei a procurar por uma última centelha de esperança – que ele tinha cometido esse ato abominável porque estava apavorado.

Até isso ele me negou.

"Se você quer acreditar nisso, tudo bem", disse Naoki. Ele não tinha a menor intenção de me dizer por que matou a menina. Ao mesmo tempo, parecia aliviado por tirar aquilo tudo do peito, e quando eu perguntava de novo se fez aquilo porque estava com medo, ele só dizia que devíamos "ir à polícia", como se debochasse de uma mulher maluca.

Quando se lavou da sujeira que usava como escudo, acho que também se lavou da doçura que tinha desde que era um bebê. Ele não é mais o Naoki que amo. Perdeu todas as características da bondade humana e se tornou um assassino, um filho rebelde, e uma mãe só pode fazer uma coisa num caso como esse.

Yoshihiko, obrigada por todos os anos que passamos juntos.

Mariko, me perdoe por não ter a chance de conhecer seu bebê. Cuide bem do meu neto.

Kiyomi, tenha força e corra atrás dos seus sonhos. Vou me juntar aos meus queridos pais e levar Naoki comigo.

* * * * *

Achei que poderia descobrir a verdade se vasculhasse a escuridão, e que isso me ajudaria a encontrar uma fresta de luz, o início de uma saída. Agora que terminei de ler o diário da minha mãe, não consigo enxergar a luz, tampouco retomar meu caminho adiante.

Minha mãe tentou matar meu irmão antes de cometer suicídio. Quando soube que ele tinha se tornado um *hikikomori*, tomei isso como verdade. Minha mãe sempre foi obcecada com a ideia de uma família perfeita. Era sua única fonte de felicidade. Tanto que matar Naoki para não ter de encarar a destruição da família ideal deve ter feito sentido para ela.

Mas a verdade não era tão simples. Ela quis deixar Naoki em casa, convencida de que ele precisava "dar um tempo" da vida. Minha mãe seria incapaz de não mimar meu irmão, coisa que sempre fazia, então deve ter sido muito difícil para ela simplesmente observar e esperar, enquanto ele continuava trancado no quarto.

Não acho que o sonífero ou o corte no cabelo tenham feito meu irmão sair de si. Ele já estava no limite; a confissão era só uma questão de tempo.

Mesmo assim, as coisas podiam terminar de outro jeito. Se conseguissem segurar mais algumas semanas, eu teria voltado da faculdade. Agora que li o diário, não tenho certeza do que poderia ter feito, de como teria ajudado Naoki, mas pelo menos seríamos duas na casa. Eu e minha mãe encontraríamos uma solução.

Seríamos duas na casa... Não consigo entender como meu pai não percebeu nada. Talvez ele soubesse o que estava acontecendo e se fez de desentendido.

Sei que minha mãe ficaria furiosa por eu pensar isso, mas desconfio que meu pai estava fingindo uma leve depressão como forma de evitar os problemas de Naoki – ou talvez estivesse mesmo deprimido justamente por causa do meu irmão. Mas então concluo que o grande problema de Naoki, essa fraqueza fundamental, provavelmente foi herdada do meu pai...

Acho que nossa família jamais viveria à altura do ideal que minha mãe almejava – e que sempre foi apenas um ideal. Olhando para trás, no entanto, percebo que realmente éramos uma família feliz e normal... até isso tudo acontecer.

O choque fez minha irmã abortar, e ela continua no hospital. Os repórteres e fotógrafos não param de bisbilhotar e chegaram ao ponto de seguir minha irmã até a clínica – acho que daqui a pouco eles ligam os pontos e descobrem que Naoki estava envolvido no incidente na escola.

Eles tentaram questionar Naoki, mas ele não diz nada.

Provavelmente terei de entregar o diário da minha mãe para a polícia, e quando eles entenderem que minha mãe queria matar Naoki e que ele já tinha se consultado com um psiquiatra, ele provavelmente será considerado inocente.

E é só isso que queremos. Pela minha mãe, por Mariko, por mim e até pelo meu pai, quero que Naoki seja considerado inocente.

Mas isso só pode acontecer quando eles descobrirem o que ele realmente estava pensando.

CAPÍTULO 4

A busca

Diante de mim, uma parede branca. Atrás, outra. Do lado direito e do lado esquerdo, em cima e embaixo – paredes brancas.

Há quanto tempo estou aqui, sozinho neste quarto branco, minúsculo? Posso me virar para qualquer lado que a mesma cena se repete infinitamente na parede.

Quantas vezes já a vi? Acho que vai começar de novo...

Primeiro dia *– O metido a besta chega de repente.*

Estou caminhando, com as costas curvadas por causa do vento frio, quando o time de tênis, de *shorts* e camisetas, passa por mim. Depois, uns garotos correm para chegar ao cursinho na hora certa. Não fiz nada de errado, estou apenas voltando para casa, mas por algum motivo me sinto culpado e curvo ainda mais as costas, baixo a cabeça para evitar que os olhos dos outros vejam meu rosto. Nada de especial me espera em casa...

Eu simplesmente não consigo me conectar. Desde que entrei no sétimo ano, não me conecto. Com o quê? Com as outras pessoas, principalmente os professores. O treinador de tênis, a equipe do cursinho, minha professora conselheira – todos pegavam pesado comigo, mais do que com outros alunos. E meus colegas percebiam, e, é claro, faziam piada.

Eu almoço com os dois maiores babacas da turma – um fanático por trens e outro que passa o tempo inteiro brincando com jogos pornográficos no videogame. Não tenho muita escolha: depois que tive problemas na sala de aula, eles foram os únicos que conversaram comigo. Isso não quer dizer que somos amigos, ou que eles me tratam bem. Eles não se interessam por nada além de trens e pornografia. Falam comigo, eu respondo. Só isso. Acho que é melhor do que ficar sozinho. Mas não gosto de ser visto com eles, especialmente pelas meninas da turma.

Não quero ir para a escola. Mas não posso contar o motivo para minha mãe. Ela ficaria decepcionada. Na verdade, ficaria decepcionada comigo em todos os aspectos. Ela quer que eu seja o melhor em tudo – como o irmão dela, o tio Kōji.

Daí ela fala para todos os parentes e vizinhos de como eu sou um garoto "gentil". Gentil? O que isso sequer significa? Não me lembro de já ter feito alguma coisa gentil – nunca fiz trabalho voluntário ou coisa do tipo. Minha mãe não tem nada do que se orgulhar de mim, então diz que sou "gentil". Se é o melhor que pode dizer, melhor nem se dar ao trabalho. Não quero ser o pior, mas não tenho complexo nenhum por não ser excepcional.

Cresci achando que era inteligente e um ótimo esportista – porque sempre ouvi minha mãe dizer isso, desde muito pequeno. No terceiro ano, entendi que estava apenas falando das esperanças dela, do que queria que eu fosse. Se eu me esforçasse, podia ficar um pouquinho acima da média, mas nunca cheguei perto de ser o melhor em nada.

Ela continuou fazendo isso até eu terminar o sexto ano. Por exemplo, emoldurou o certificado do único prêmio que recebi e colocou na sala para mostrar às visitas. Não era bem um prêmio – terceiro lugar num concurso de caligrafia. Eu me lembro de escrever a palavra "eleição" em *hiragana*, e a professora disse que parecia bem "natural".

Quando entrei no sétimo ano, minha mãe não tinha mais do que se orgulhar, então começou a falar o quanto eu era "gentil". Como se não bastasse, começou a mandar cartas para a escola. Percebi o que ela estava fazendo depois das provas na metade do ano.

Na hora de fazer a chamada, Moriguchi-sensei falou quem tinha conseguido as três melhores notas. Bastava olhar para os alunos para notar que eram muito inteligentes, e eu os aplaudi junto com todo mundo. Não me incomodava não ter atingido notas altas. Eu sabia que não estava naquele nível. Mizuki, que mora na vizinhança, ficou em segundo lugar, e quando dei a notícia para minha mãe durante o jantar, ela pareceu enfadada. "É mesmo?", respondeu, e notei que ela não estava nem aí.

Há alguns dias, encontrei na lixeira da sala uma carta que ela estava escrevendo. Acho que errou alguma coisa e começou de novo.

Há muito tempo a sociedade sabe da importância de valorizar o talento individual de cada criança, por isso acho extremamente preocupante que uma professora discrimine a maior parte da turma ao anunciar para todos o nome de quem tirou as maiores notas.

Entendi na mesma hora que ela estava reclamando de Moriguchi, então peguei a carta e fui até a cozinha atrás dela.

"Você não pode mandar isso para a escola", falei. "Os outros vão pensar que tenho algum complexo por ser péssimo aluno."

"Não é nada disso, Naoki", disse ela. "Não tem nada a ver com você. Só não gosto dessa importância toda dada às notas. Estou reclamando porque ela só fala disso. Não tem mais nada de importante? E quanto a ser uma boa pessoa? Ela não parece se importar com isso. Ou será que proclama o nome dos três alunos mais gentis da sala? Ou o nome de quem mais trabalha para limpar a escola depois da aula? Só quero que ela seja justa e equilibre as coisas."

Achei que ia vomitar. Parecia razoável o que dizia, mas se eu tivesse sido um dos três melhores, ela jamais escreveria uma carta dessas. Conclusão: estava decepcionada comigo.

Desde então, toda vez que ela fala de como sou gentil, me sinto mais e mais miserável. Mais e mais.

Ouvi a campainha de uma bicicleta atrás de mim e me virei. Era uma garota da sala passando por mim. Ela costumava ser simpática comigo, e provavelmente teria me cumprimentado enquanto passava de bicicleta. Não dessa vez. Peguei no bolso meu celular que nunca toca e fingi que olhava as mensagens de texto, fungando como se estivesse resfriado. Depois voltei a andar.

De repente, alguém me deu um tapa nas costas.

Watanabe. Outro garoto da turma.

"E aí, Shitamura", disse ele. "Está ocupado? Consegui um filme ótimo, quer ver comigo?"

Como assim? Quando trocamos de carteira na sala, em fevereiro, acabei me sentando perto dele, mas a gente mal conversava. Não estudamos na mesma escola antes, e nunca tínhamos limpado a sala juntos.

Além disso, acho que ele me incomodava. A gente era muito diferente nos estudos. Ele nem fazia cursinho à noite, mas tirava notas altas praticamente em todas as matérias; e nas férias de verão, ganhou um tipo de prêmio numa competição nacional de ciências. Mas não era isso que mais me incomodava.

Watanabe estava sempre sozinho. Antes da aula de manhã, ou durante os intervalos, ele ficava lendo algum calhamaço qualquer, e depois da aula, sumia. Como eu também estava sempre sozinho, talvez parecesse que tínhamos muita coisa em comum, mas o que eu odiava era o fato de ele não se importar em estar sozinho.

Não que não tivesse amigos – ele evitava as pessoas porque não queria estar com elas. Como se não conseguisse lidar com um monte de idiotas. Eu não suportava isso nele, pois me lembrava o tio Kōji.

Mesmo assim, a maioria dos garotos da turma se parecia com Watanabe, e, de um jeito estranho, alguns ainda tentavam puxar o saco dele. Não por ele ser mais inteligente que os outros – inteligência não dá *status* no ensino fundamental –, mas porque usou da esperteza e do conhecimento que tinha para descobrir como retirar os borrões que a censura coloca sobre os órgãos sexuais nos filmes pornográficos, obtendo uma imagem limpa. Bem, pelo menos é o que dizem.

Soube desses boatos e, como qualquer outro garoto, eu queria muito ver um daqueles filmes, mas é claro que não ia pedir emprestado – afinal, a gente mal trocava uma palavra.

Até ele puxar papo comigo.

"Por que está perguntando logo para mim?", disse eu.

Achei que estava me zoando. Talvez houvesse algum colega da sala escondido em algum lugar para ver qual seria minha reação. Olhei em volta e não vi ninguém.

"Já tem um tempo que quero falar com você", disse ele. "Mas não conseguia achar a hora certa. Eu também acho você diferente dos outros, cheio das qualidades. Tenho até certa inveja."

Ele riu, como se estivesse envergonhado. Ele tem um olhar estranho, e era a primeira vez que eu o via sorrir.

O que ele disse continuava não fazendo sentido. Inveja? De mim? Eu poderia ter inveja dele, mas o oposto era difícil de imaginar.

"Por quê?", perguntei.

"Todo mundo me acha o cê-dê-efe, o crânio que faria qualquer coisa para ganhar notas boas e se dar bem em tudo. É um saco ser visto desse jeito."

"Você acha? Eu não te vejo assim."

"Mas o resto vê. Me sinto um fracasso. Você vai no próprio ritmo. No primeiro trimestre, você deu uma olhada em volta para analisar com quem competia na turma, e no segundo trimestre suas notas já subiram."

"Um pouco", respondi. "Mas não chegam nem perto das suas."

"Mas você continua pilotando, e ainda tem uma marcha para passar. Isso é muito foda."

Foda? Eu? Nunca ninguém me falou que eu era foda – nenhum colega, menino ou menina, nem mesmo minha mãe. Meu coração acelerou, senti meu rosto esquentar.

É verdade que minhas notas melhoraram depois das férias de verão, quando comecei as aulas do cursinho, mas depois voltaram a cair. O professor do cursinho encheu meu saco e descobriu todos os modos de tornar minha vida miserável – na verdade, larguei o cursinho no mês passado depois de entender que, por mais que me esforce, nunca serei melhor do que a média.

Agora que Watanabe me disse isso, comecei a achar que talvez ele tivesse razão. Talvez eu tenha sucesso seguindo o meu ritmo. Talvez eu tenha qualidades que ainda não reconheci – qualidades que só Watanabe consegue ver.

De repente, quis me tornar amigo dele. Mais do que qualquer coisa.

A segunda vez que o vi foi no laboratório dele – um cômodo numa casa antiga perto do rio. Levei *cookies* de cenoura que minha mãe havia feito. Na tela de uma televisão enorme, zumbis se espalhavam por toda a cidade. Quanto ao filme pornô, ele disse que gostava mesmo era de descobrir como se livrar da tela borrada, mas não tinha muito interesse no que estava por trás. Na verdade, ele achava meio nojento. Ele me deixou assistir um pouco, mas em vez de um filme normal, vi umas loiras nuas lutando num ringue. Quando comecei a achar grosseiro, parei de ver.

Resolvemos assistir outra coisa, então fomos a uma locadora perto da estação e pegamos um filme de terror americano. Minha mãe não me deixa ver nada que tenha armas ou muita violência, mas eu adoro. A protagonista é uma loira, achei o máximo a cena em que ela massacra um bando inteiro de zumbis com uma metralhadora. Foi muito divertido.

Na verdade, devo ter murmurado alguma coisa do tipo "queria fazer isso também", porque teve uma hora que olhei para Watanabe e ele já estava olhando para mim.

"E aí, tem alguém específico que você queira detonar *desse jeito*?", perguntou.

"Como assim?"

"Espera o filme acabar", disse ele, olhando de novo para a televisão. Achei que queria dizer algo do tipo "se você fosse a mulher do filme". Voltei a assistir ao filme. Os zumbis que a mulher tinha acabado de derrubar começaram a se levantar como se fosse um pesadelo, e no final ela não conseguiu se livrar de todos. Acho que devem fazer uma continuação.

"O que você faria se a cidade inteira estivesse cheia de zumbis?", perguntei a Watanabe, enquanto comíamos os *cookies* da minha mãe. Em vez de responder, ele se levantou, foi até uma mesa e pegou algo na gaveta. Uma bolsinha preta para moedas.

"É o porta-moedas que dá choque?", perguntei.

"Isso mesmo, e eu consegui aumentar a voltagem. Só não consegui alguém para testar. Quer?"

Balancei a cabeça e coloquei as mãos para trás.

"Tô brincando", disse ele. "Eu fiz pensando em todo mundo que não suporto. Precisa ser testado nessas pessoas."

Então colocou o porta-moedas na minha frente. Parecia uma bolsinha como outra qualquer.

"Funciona mesmo?", perguntei.

"Se você encostar no zíper, vai levar um choque bem forte – suficiente pra cair de bunda no chão. Você não, né? Alguém que a gente não gosta. Tá a fim de ver?"

"Claro que tô. Mas em quem você vai testar?"

"Esse é o problema. Fiquei isolado inventando isso aqui e preocupado com minhas notas, não consigo pensar em ninguém agora, entende? Eu odeio todo mundo. Acho que você podia escolher."

"Eu?", perguntei, surpreso. Mas eu também estava empolgado. A gente ia usar a invenção para se vingar de uma pessoa má, e eu decidiria quem! De repente, me senti dentro de um filme – Watanabe era o cientista louco, e eu, seu assistente.

Quem escolher? Pensei, repensei. Não um inimigo *meu*, mas *nosso*. Então tinha que ser um professor. Um dos canalhas mais convencidos.

"Que tal o Tokura?", disse eu.

"Pode ser... mas acho que não quero sacanear com ele."

Tudo bem, outra pessoa. E Moriguchi, que se preocupava mais com a filha do que com os alunos?

"Moriguchi?", falei.

"Já testei com ela, na verdade... não acho que ela vai cair de novo."

Duas tentativas. Watanabe deu um suspiro e começou a mexer nas coisas em cima da mesa, como se estivesse entediado. Talvez estivesse arrependido de me chamar; se não gostasse da minha próxima sugestão, podia até abortar o plano. Ou chamar outra pessoa para ajudá-lo, e eles escolheriam a *mim*. Consegui até imaginar a conversa: "Naoki? Inútil, perda de tempo".

O que poderia ser pior do que isso? Nada... exceto, talvez, ser obrigado a limpar sozinho a piscina suja durante o inverno, mesmo sem ter feito nada de errado. Não reclamo da limpeza em si. Eu odiava era que todos me vissem ser punido desse jeito. Quando ouvia alguém chegando, me trancava no vestiário. Então pensei: É isso! Por que não ela?

"E a filha de Moriguchi?", sugeri. "A professora não está nem aí para nós, só quer saber da filha chata – então qual a melhor maneira de afetá-la?"

A mão de Watanabe parou sobre os objetos.

"Boa ideia!", disse ele. "Não sei quem é, mas me contaram que de vez em quando ela aparece na escola."

Agora sim, ele se interessou pela minha ideia. Mentalmente, comemorei de punho erguido a primeira barreira ultrapassada. Para fechar o acordo e mostrar que eu era útil, contei que vi a menina implorando a Moriguchi para comprar uma pochete no shopping, e que ela não tinha comprado.

"Ótimo! Com uma pochete eu teria espaço para aumentar ainda mais a potência. Eu sabia que podia confiar em você, Shitamura. Graças a você, vai ser melhor do que pensei."

"Então vamos comprar a pochete antes que acabe."

Fomos de bicicleta até o Happy Town. Era quase Valentine's Day, tinha muita gente no shopping. Passei costurando entre as senhoras e as adolescentes que lotavam o lugar e fui direto até a loja.

"Olha! Parece que é a última."

Passei a mão no tecido aveludado e mostrei a pochete do Coelhinho Fofo para Watanabe.

"Acho que a sorte está do nosso lado", disse Watanabe. Ele estava certo – se não tivesse mais nenhuma pochete, o plano iria por água abaixo. Era o destino, a última pochete.

Juntamos nosso dinheiro e compramos a bolsa, depois nos sentamos no Domino Burger, no segundo andar, para bolar uma estratégia.

"Como funciona o mecanismo?", perguntei, antes de morder meu hambúrguer.

"É bem simples. Eu ligo o fio no zíper mais ou menos assim para dar o choque". Ele mostrou o circuito mexendo as batatas fritas na bandeja, mas não entendi nada. Toda hora, à medida que o diagrama ficava mais complexo, ele perguntava se eu tinha entendido.

"Entendi", eu respondia quando achava que devia. "É simples." Eu não queria decepcioná-lo, mas enquanto acenava e fingia acompanhar o raciocínio, senti que começava a entender.

Mesmo assim, não fazia diferença – eu estava me divertindo como nunca. Já tinha ido ao Domino com minha irmã, mas com um amigo era a primeira vez. Via estudantes mais velhos sentados nas mesas e achava muito legal; agora eu é que estava ali com um amigo, e a gente não falava sobre coisas idiotas como todo mundo. Estávamos bolando uma estratégia importante, numa reunião secreta!

"O que ela vai fazer na piscina?", perguntou Watanabe, comendo as batatas do diagrama. Era minha vez de falar.

"Ela vai ver o cachorro. Sabe qual, aquele cachorro preto que fica numa casa do outro lado da cerca?

"Aquele todo peludo?"

"Isso. Ela vai dar comida para ele. Acho que leva pão escondido na roupa."

"Sério? Por que ela faz isso? E as pessoas da casa?"

"Pois é, acho que deve ter uma semana que não vejo ninguém lá. Devem estar viajando. A gente pode descobrir."

"Como?"

"Já sei! A gente joga uma bola de beisebol no jardim e pula a cerca para buscar. Se alguém perguntar alguma coisa, a gente diz que foi pegar a bola." Comecei a ter uma ideia atrás da outra – isso nunca tinha acontecido comigo. Watanabe era o diretor de projetos, e eu cuidava da parte tática! Eu não era mais o assistente: estávamos trabalhando juntos.

Propus o seguinte plano:

1. Eu pularia no jardim e sondaria o terreno para evitar qualquer interrupção inesperada.
2. A gente se encontraria na piscina e se esconderia no vestiário.
3. Quando a menina chegasse, eu falaria com ela primeiro, porque Watanabe fica estranho quando sorri.
4. Watanabe colocaria a pochete no pescoço dela (fingindo que a mãe dela pediu para a gente comprar).
5. Em seguida, eu falaria para ela abrir.

"Acho perfeito", disse Watanabe, parecendo satisfeito. Caí na gargalhada, imaginando a filha de Moriguchi caindo de bunda no chão.

"Você acha que ela vai gritar?", perguntei, ainda rindo. Watanabe também estava dando risada.

"Não, acho que não."

"Sério? Acho que vai. Quer apostar? Quem perder paga a próxima conta no Domino. Fechado?"

"Fechado."

Brindamos com Coca-Cola para selar o pacto.

Uma semana depois do primeiro dia – *O garoto se esgueira bastante nervoso até a piscina.*

Desde hoje de manhã – mentira, desde uns dias atrás – estou todo animado. Pela primeira vez desde o início do ano, estou feliz de estar na escola.

Quando terminou o segundo horário, sussurrei para Watanabe:

"Tudo pronto?"

"Tudo pronto", ele sussurrou de volta, sem olhar para mim. Mesmo que agora fôssemos amigos, a gente não andava junto na escola para não levantar suspeitas e ninguém descobrir nosso plano.

Eu não estava mais prestando atenção na aula, e no quinto horário, que era aula de ciências, quase caí na gargalhada quando vi Moriguchi. O resto do dia passou voando.

Depois da aula, fui direto para a piscina. Olhei em volta para garantir que não havia ninguém por perto. Felizmente, ninguém recebeu a tarefa de limpar a piscina junto comigo.

O cachorro enfiou o focinho entre a cerca, e parecia que não tinha mesmo ninguém em casa. Mesmo assim, melhor prevenir do que remediar, então puxei uma bola de beisebol que encontrei atrás do banco do time e a joguei no quintal. Depois fingi que estava com raiva por ter de buscá-la e pulei a cerca. Dei a volta pela casa toda e toquei o interfone – ninguém atendeu.

Perfeito.

Pulei a cerca de novo e voltei para a piscina. O cachorro me observou o tempo todo, mas não latiu. Talvez fosse muito velho – ou muito manso.

Mandei uma mensagem de texto para Watanabe – "Fase 1: OK". Cinco minutos depois, ele apareceu na piscina.

"Tudo dando certo!", falei, fazendo sinal de positivo com o polegar. Entramos no vestiário e nos escondemos atrás da porta. Ele nunca era trancado. Fase 2: iniciada. O vestiário estava escuro e cheirava a mofo – me lembrou as cabanas que a gente fazia embaixo do cobertor quando criança. Quando eu ainda achava que podia fazer tudo. Talvez isso tenha mudado, e eu realmente pudesse fazer tudo, com um amigo como Watanabe.

Olhei para ele e vi que fazia um ajuste final na pochete. Parecia totalmente inofensiva, como uma bolsinha normal de criança – a diferença é que dava um choque de verdade!

"Por que da próxima vez a gente não se encontra lá em casa?", perguntei. "Minha mãe quer te conhecer. Ela disse que faz um bolo. Acho que ficou feliz por eu ter feito um amigo inteligente. Ela escreveu para o diretor no trimestre passado para reclamar de Moriguchi, que sempre anunciava quem tinha tirado as melhores notas na sala, mas quando contei que éramos amigos, ela já sabia que você estava entre os melhores da turma. Vai entender. Não tenho um laboratório tipo o seu, mas o bolo dela é ótimo. Você pode ir comigo comemorar o plano. Vou pedir para ela fazer um bolo especial. Você prefere cobertura de chantili ou chocolate?"

Ele não respondeu, só levou o dedo à boca para que eu ficasse quieto. Pela fresta da porta, vimos a menina se esgueirar pelo portão.

"É ela", sussurrei. A menina passou direto pela piscina e foi até o cachorro, que já estava na cerca. Aparentemente, não nos viu.

"Comida, Muku", disse ela. Em seguida se agachou, tirou um pedaço de pão da jaqueta e começou a dar os pedaços para ele. Ele abanou o rabo e devorou o pão, enquanto ela o observava com um sorriso no rosto. A cena demorou poucos segundos.

"Até logo", ela falou, limpando os farelos da roupa enquanto se levantava.

Olhei para Watanabe e ele concordou com a cabeça. Andamos lentamente até ela. Fase 3: iniciada. Eu falei primeiro.

"Olá", disse eu, chegando perto dela. "Você é a Manami, não é?" Acho que ela se assustou, pois se virou muito rápido. Continuei sorrindo. "Nós somos alunos da sua mãe. Lembra, eu te vi outro dia no Happy Town."

Tudo corria conforme o planejado. Exceto que ela parecia nervosa. Olhava para nós desconfiada.

"Você gosta de cachorros?", perguntou Watanabe. "Nós também. É por isso que a gente vem aqui de vez em quando, para dar comida para ele". Essa fala não estava nos planos, mas a menina abriu um sorriso quando escutou. Watanabe estava segurando a pochete atrás das costas, mas assim que ela relaxou, ele esticou o braço com a bolsa na mão. Fase 4.

"Coelhinho Fofo!", gritou ela. Watanabe abriu aquele sorriso estranho e se abaixou para olhar nos olhos dela.

"Sua mãe não comprou pra você naquele dia, não é?", perguntei. "Ela comprou depois?" A sensação era de ler a frase num roteiro. Ela balançou a cabeça.

"Não?", disse Watanabe. "É porque sua mãe pediu pra gente comprar pra você. Ainda é cedo, mas é o presente dela do Valentine's Day."

Em seguida, ele passou a alça pela cabeça dela.

"Da mamãe?", disse ela, mais feliz do que antes. Só percebi que ela era parecida com Moriguchi depois que sorriu. Era idêntica à mãe.

"Isso mesmo. Tem chocolate aí dentro, pode abrir."

Era a frase conclusiva, supostamente, eu que deveria dizê-la. Mas Watanabe foi mais rápido, o que me deu um pouco de raiva. Por fim, achei que não fazia diferença. Estávamos perto do clímax. A menina passou a mão no tecido e segurou no zíper.

Aquela era a hora – depois do choque, ela cairia de bunda no chão. Não foi o que aconteceu.

A bolsa fez um estalo. A menina se contorceu com o corpo rígido, depois ficou mole e caiu de costas, como se estivesse em câmera lenta. E ficou lá, imóvel, de olhos fechados.

O que aconteceu? Será que ela... morreu?

A ideia me passou pela cabeça, comecei a tremer, e meu reflexo foi segurar no ombro de Watanabe.

"O que aconteceu? Ela não se mexe", falei.

Watanabe não respondeu, apenas abriu um sorriso. Como se tudo o que ele sonhasse na vida tivesse acabado de se realizar. Foi o sorriso mais natural que já vi. Ele olhou para mim e disse:

"Vai lá, agora, conta pra todo mundo", disse ele.

O quê? Contar o quê? Antes de eu dizer qualquer coisa, ele tirou minha mão do seu ombro como se limpasse uma sujeira.

"Até mais", disse, depois virou as costas e saiu.

Espera! O que você fez? Eu queria gritar o mais alto possível, mas não saía nada. Ele parou, como se tivesse acabado de se lembrar de alguma coisa, e se virou.

"Ah, quase me esqueci. Não se preocupe, ninguém vai achar que você teve alguma coisa a ver com isso. A gente nunca foi amigo. Não suporto garotos como você – inúteis, mas cheios de si! Comparado a um gênio como eu, você é um fracasso total."

Fracasso? Espera! Não me deixa aqui desse jeito! Eu queria correr atrás dele, fugir dali, mas minhas pernas não se mexiam. Suas palavras ecoavam na minha cabeça. Minha visão começou a sumir.

Estava escurecendo. Me assustei com o sinal da escola e me dei conta de novo de onde estava. A sensação era de estar ali parado há horas, mas Watanabe tinha saído há poucos minutos. O que ele disse antes de sair ainda girava na minha cabeça.

Ele queria matá-la desde o início. Eu fui usado. Mas para quê?

Agora conta pra todo mundo. Era isso que ele queria? Se eu fosse à polícia e contasse o que aconteceu, ele seria preso. Era isso que queria? Ser um assassino? Talvez sim. Mas se ele fosse preso, o que aconteceria comigo? E se ele mentisse para a polícia? E se falasse que não sabia de nada? Ou que eu havia planejado tudo e carregado ele comigo? Seria o meu fim.

Baixei a cabeça e olhei nos olhos do Coelhinho Fofo.

Eu é que tinha visto a menina implorar à mãe pela pochete. Me agachei, tirei a bolsa do pescoço dela e joguei o mais longe possível.

Será que foi suficiente? Será que vão desconfiar de mim? E se eu sair correndo e não contar para ninguém? Quando alguém é eletrocutado, eles procuram alguém para culpar. Não ia demorar para chegarem a Watanabe, e se vierem até mim...

E se eu fizer parecer que ela caiu na piscina? Pode dar certo! Ela simplesmente caiu na piscina!

Eu precisava agir rápido. Sem olhar no rosto dela, peguei a menina no colo. Ela era mais pesada do que eu esperava. Atravessei o deque e quase caí quando cheguei na beirada. A água estava suja, cheia de folhas. Estendi os braços.

Não, aquilo não ia dar certo. Eu não queria que espalhasse muita água, nem fizesse muito barulho.

Me agachei, tomando cuidado para não perder o equilíbrio, e senti o corpo dela se mexer um pouco. Em seguida, ela abriu os olhos. Eu gritei e quase a deixei cair na água.

Ela está viva! Viva!

Me senti tão aliviado que não sabia se ria ou chorava.

Um *fracasso*.

Quando o terror começou a passar, me lembrei da última palavra de Watanabe. Ele estava de olho em mim o tempo todo, me usando. Ele queria ser um assassino, e me usou para fazer isso. Mas a menina estava viva. O *fracasso*, na verdade, era o plano de Watanabe.

Você que é um fracasso! Você que é um fracasso e nem sabe disso! Seu idiota, perdedor!

Não sei o que aconteceu primeiro: a filhinha de Moriguchi recobrar a consciência e olhar para mim, ou eu soltá-la dentro da água.

Fui embora sem olhar para trás. Minhas pernas não tremiam mais. O fracasso de Watanabe se transformou no meu sucesso.

Um dia depois do incidente – *O garoto acorda com um sorriso no rosto.*

Minha mãe preparava ovos com bacon quando desci para a cozinha na manhã seguinte. Olhou pra mim quando me ouviu chegar.

"Naoki, aconteceu uma coisa terrível", disse ela. O jornal estava em cima da mesa. Mais ou menos no meio da primeira página, a notícia: "Menina se afoga tentando alimentar cachorro".

Afogamento acidental. Já estava nos jornais. O artigo dizia que tudo tinha sido acidente. Consegui!

"Fico muito triste por Moriguchi-sensei", disse minha mãe. "Mas não entendo por que levar a criança para a escola desse jeito. Imagina o que podia acontecer com a turma, vocês estão perto das provas finais... ah, já ia me esquecendo", disse ela. Em seguida, foi até o armário e pegou uma caixa embrulhada num papel vermelho, amarrada com uma fita dourada. Chegou perto da mesa e colocou a caixa em cima do jornal, cobrindo a notícia. "Para você: chocolate do Valentine's Day".

Ela sorriu e eu sorri de volta.

Como minha irmã não está aqui, aquele seria o único chocolate que eu ganharia. No entanto, quando cheguei à escola, Mizuki também me deu uma caixinha de chocolate – acho que ela quis ser educada por minha irmã ter sido legal com ela. Aceitei o presente.

"Você viu o jornal?", perguntou Mizuki de repente, e eu quase deixei cair a caixa. Consegui comentar que era algo terrível. Quando entrei na sala, todo mundo só falava disso.

Aparentemente, os alunos que ficaram na escola até tarde começaram a procurar a filha de Moriguchi. Quem a encontrou foi Hoshino, da nossa turma, mas outras crianças também viram o corpo. Todos estavam muito exaltados. Algumas meninas choravam, mas a maioria estava agitada. No início, tentavam descobrir o que havia acontecido, acrescentando novas informações, até que a história virou uma competição, com os alunos se gabando do que tinham visto ou feito.

Eu assistia a tudo parado na entrada da sala quando alguém me puxou pelas costas e me arrastou para o corredor. Watanabe.

"O que você fez?", disse ele, quase colando o rosto no meu. Por algum motivo, não tive medo. Na verdade, me deu vontade de rir. Segurei a risada, mas afastei a mão dele, que me segurava no ombro.

"Não fala comigo", eu disse. "A gente não é amigo, lembra? Sobre ontem, não vou falar pra ninguém. Se quiser, fala você!"

Dei meia-volta e entrei na sala de novo. Me sentei na carteira, sem me juntar ao falatório dos outros. Simplesmente abri meu livro, um romance policial antigo que meu tio Kōji tinha me dado. Agora eu era diferente – longe de ser o mesmo de antes.

Consegui ter sucesso no que Watanabe fracassou. Mas, ao contrário dele, eu não ia contar para ninguém. A filha de Moriguchi morreu acidentalmente; e mesmo que descobrissem que foi assassinato, Watanabe era o culpado. De todo modo, eu vi o quanto ele queria fazer isso. Se a polícia aparecesse na escola, ele provavelmente confessaria na mesma hora.

Que idiota. Ele estragou tudo e nem percebeu.

Moriguchi tirou uma semana de folga. Quando voltou, não disse nada sobre o que tinha acontecido – só pediu desculpas por ter se ausentado durante tanto tempo. Como se voltasse ao trabalho depois de um resfriado.

Se eu morresse, minha mãe ia adoecer, enlouquecer, talvez até se matar. Moriguchi agiu com tanta normalidade que nem parecia triste. Isso só serviu para vermos o quanto ela estava realmente deprimida.

Eu tinha certeza de que Watanabe percebia o quanto a professora estava destruída, e que ria consigo mesmo toda vez que a via – e isso me fazia rir ainda mais. Pelo menos, era assim que deveria ser.

As aulas foram normais durante um tempo. Os professores fingiam tratar a gente do mesmo jeito, tratando a todos como iguais, mas era tudo um teatro. Não sei se não queriam deixar ninguém envergonhado, ou se só queriam evitar qualquer confusão na sala – de todo modo, eles davam os exercícios mais difíceis para os alunos mais inteligentes.

Watanabe não precisava se esforçar muito, por mais difícil que fosse a pergunta; quando os professores o elogiavam, ele fingia não se importar. Só que agora eu o entendia o suficiente para rir quando ele agia com essa pretensão.

Dava para ver no rosto dele – *você acha que essa pergunta estúpida é desafiante, mas já fiz coisa muito mais difícil.* Que idiota, ele nem sabia que não tinha feito – eu é que tinha feito!

As perguntas que faziam para Watanabe começaram a me parecer mais fáceis. Na semana passada resolvemos um exercício com caracteres chineses. Acertei todas as respostas, e o professor ficou impressionado.

E por que não ficaria? Não será nas provas finais, mas em pouco tempo vou conseguir notas ainda melhores que as de Watanabe. Quando percebi isso, comecei a achar que os outros alunos eram todos idiotas.

Era muito difícil não rir da cara deles.

Um mês depois do acidente – *O garoto conta sua história com a voz trêmula.*

Moriguchi estava vindo para nossa casa. Era o último dia de prova, e eu já tinha chegado da escola, logo depois do meio-dia, quando ela me telefonou no celular. Pediu para que eu a encontrasse perto da piscina para conversar.

Ela sabe, pensei. *Por isso quer me encontrar na piscina.* Minha mão começou a tremer e meu coração acelerou. *Fique calmo... fique calmo...*

Watanabe é o assassino. Tive medo de não conseguir manter a calma na piscina, então pedi para ela vir à minha casa.

Resolvi correr o risco de perguntar uma coisa antes de desligar.

"E Watanabe?", perguntei.

"Acabei de falar com ele", disse ela, com a voz tranquila. Senti meu corpo relaxando. Ia ficar tudo bem. Watanabe era o assassino, e ele me fez agir contra minha vontade.

A visita repentina de Moriguchi surpreendeu minha mãe. Pedi para ela ficar comigo durante a conversa. Depois eu teria que repetir a história para ela mesmo, então era melhor que ela já escutasse. Eu sabia que ela acreditaria em mim e tentaria ajudar.

Moriguchi começou com uma pergunta genérica: "O que você tem feito depois que começou a sétima série?". A pergunta não tinha nada a ver com o acidente, mas resolvi contar a verdade, independentemente do que ela me perguntasse. Então contei sobre o Clube de Tênis, o cursinho, a confusão com os garotos mais velhos no fliperama e de como me senti quando ela não foi me socorrer. Disse que eu tinha sido punido mesmo sendo vítima, e todas as coisas horríveis que tinham me acontecido.

Ela escutou tudo, do início ao fim, sem dizer nada. Depois, enquanto eu tomava um gole de chá, fez a pergunta seguinte num tom de voz calmo e abafado, mas que pareceu ecoar por toda a sala.

"Naoki", disse ela. "O que você fez com Manami?"

Baixei devagar a xícara de chá, enquanto minha mãe praticamente berrou. Ela não sabia de nada, nem se eu estava envolvido, mas ficou nervosa e quase enlouqueceu. Eu sabia que precisava convencê-las de que Watanabe tinha me usado, e de que eu também era uma vítima.

Então contei a Moriguchi o que aconteceu. Desde o dia que Watanabe tinha me parado a caminho da escola até o momento em que parei perto da piscina, segurando a filha dela nos braços. Contei tudo: a verdade, até o último detalhe. Watanabe havia me convencido e me enganado. Eu nunca quis machucar ninguém. Contei toda a verdade, menos o final. Só uma mentirinha para concluir.

Tive certeza de que minha versão encaixaria com o que Watanabe contou. Ela não me interrompeu nenhuma vez enquanto eu falava, e mesmo quando eu fazia silêncio, ela não dizia nada. Só olhava para baixo, com a mão nos joelhos. Mas dava para ver como estava com raiva. Pobre mulher. Minha mãe também não disse nada.

Ficamos ali por uns cinco minutos, e finalmente Moriguchi olhou para minha mãe.

"Para ser sincera, como mãe, minha vontade é matar seu filho e Watanabe. Mas também sou professora, o que me deixa com um dilema. Meu dever como adulta e cidadã é contar para a polícia o que os dois fizeram, mas meu dever como professora é proteger meus alunos. Como a polícia já considerou a morte de Manami como acidente, decidi deixar por isso mesmo. Não vou gerar problema para vocês."

Como? Ela não ia contar para a polícia? Minha mãe demorou alguns segundos para processar o que Moriguchi disse, e por fim, agradeceu, inclinando-se quase até o chão.

"Não sei como lhe agradecer", disse ela.

Eu também me inclinei. Tudo ia se resolver.

Acompanhamos Moriguchi até a porta. Desde que tinha chegado, ela não olhou nenhuma vez para mim – acho que porque estava com raiva –, mas eu não ligo para isso.

Uma semana depois da visita da professora *– O menino está pálido, sentado na carteira.*

Último dia de aula. Depois da hora do leite, Moriguchi nos contou que pediu demissão. Admito que fiquei feliz com a notícia. Consegui fazê-la acreditar que Watanabe tinha matado a filha dela, mas eu estava nervoso indo para a escola naquela situação, imaginando se a verdade seria descoberta e eu seria acusado de cúmplice de assassinato.

"Você vai sair por causa do que aconteceu?", perguntou Mizuki.

Olhei para ela, pensando por que ela tinha de tocar nesse assunto, mas Moriguchi pareceu não se importar. Começou a contar uma longa história, como se há muito tempo quisesse nos dizer tudo aquilo.

Contou por que se tornou professora. Depois falou sobre Sakuranomi-sensei e as coisas que ele tinha feito. Eu não estava nem aí, só queria que ela terminasse e calasse a boca.

Depois começou a falar sobre confiança mútua entre aluno e professor, sobre receber mensagens – às vezes falsas – de alunos querendo se encontrar com ela, pedindo ajuda ou qualquer outra coisa. Disse que a escola tinha adotado a política de mandar sempre um professor quando um menino chamasse, e uma professora quando uma menina chamasse. Foi por isso que ela não tinha ido ao fliperama! Um pouco tarde para descobrir isso.

Falou sobre ser mãe solteira, depois alguma coisa sobre aids e, no fim, sobre a filha caindo na piscina – e o tempo todo eu estava com a sensação de que alguém apertava uma corda no meu pescoço.

"O Sr. Shitamura por acaso apareceu do nada..."

Quase engasguei ao ouvir meu nome, como se o leite que tinha acabado de tomar voltasse inteiro. Ela continuou falando, enquanto eu tentava me acalmar. Até que ela disse:

"Porque a morte de Manami não foi acidente. Ela foi assassinada por alguns alunos desta turma."

Foi como se alguém tivesse me empurrado para dentro daquela piscina suja e fria. Não conseguia respirar. Não conseguia enxergar. Eu debatia braços e pernas sem ter onde segurar.

Tudo foi escurecendo ao meu redor, mas de alguma maneira eu sabia que não era hora de desmaiar. O que ela planejava dizer? Respirei fundo, tentando me acalmar.

Foi quando finalmente consegui me concentrar no que estava acontecendo na sala, e me dei conta de que todos olhavam para Moriguchi. Um minuto antes, todos pareciam entediados, como se não prestassem atenção. Agora estavam todos de orelha em pé.

Mas em vez de ir direto ao ponto, ela começou a falar sobre a Lei Juvenil e o que chamavam de Caso Luna. Eu não tinha a menor ideia do que ela queria dizer. Ela parou por um momento, comecei a rezar para que fosse o fim, mas ela continuou, agora falando sobre o funeral da filha. A próxima parte foi surpreendente: ela disse que o pai da menina era Sakuranomi-sensei, mas que não se casou com ele porque ele tinha aids.

Eu me lembro de achar estranho que Sakuranomi fosse morrer cedo por causa de aids e de me surpreender por conseguir pensar em outra coisa além do que aconteceria comigo. Acho que nessa hora comecei a esfregar as mãos na mesa para me livrar de uma sensação – a sensação de ainda estar segurando a menina. Se ela tinha aids, provavelmente eu havia pegado.

Ouvimos o som das cadeiras se arrastando na sala ao lado. Provavelmente estavam liberados. Moriguchi também ouviu e minha esperança é que ela nos liberasse. O que ela fez. Disse que quem quisesse sair, podia sair. Minhas preces foram atendidas! Mas ninguém se moveu. Se qualquer pessoa – qualquer pessoa mesmo – tivesse se levantado, eu poderia aproveitar e sair, mas deu para ver que ninguém iria embora.

Ela olhou para nós um instante, como se quisesse ter certeza de que ninguém sairia, e começou a falar de novo.

Ela disse que não usaria nomes – chamaria os assassinos de A e B. Mas isso não queria dizer nada, porque assim que ela começou a falar sobre A, deu pra entender que era Watanabe. Acho que a vontade dela era que todos soubessem, para que se interessassem pela história – e funcionou: a sala inteira começou a olhar para ele.

Então chegou a vez de B. Ela contou praticamente a mesma coisa que eu havia contado para ela na minha casa. Que ficou parada escutando, sem dizer nada, mas ao repetir o que eu havia contado, ela acrescentava pequenos comentários que me faziam parecer um idiota. Do tipo: não fiz porque era inteligente e queria provar alguma coisa, mas fiz porque era um idiota e incapaz de fazer qualquer outra coisa. Mas qual o sentido em ter raiva disso agora? O jogo tinha acabado.

Todos estavam olhando para mim. Alguns alunos riam, outros me olhavam como se realmente me odiassem.

Era isso. Eu seria morto!

Tudo era muito simples: corri para o fliperama – primeira ação errada – e fui punido; achei que minha professora havia me ignorado; por isso me tornei cúmplice de assassinato. Quem não ia querer me matar? Mas a culpa era toda de Watanabe. Na verdade, eu sou uma vítima. Ele é o assassino; eu sou uma vítima. A = assassino; B = vítima. A = assassino; B = vítima. Repeti a fórmula na cabeça, uma vez atrás da outra.

Ogawa fez uma pergunta para Moriguchi: "E se Wata... quer dizer, e se A matar outra pessoa?", ele disse, falando bem sério.

"Vocês estão errados em pensar assim. A não matou ninguém, para começar", disse Moriguchi. "Quem matou Manami foi B." Senti meu corpo sendo empurrado de uma vez só para o fundo da piscina. Ela disse que o choque não tinha sido forte o suficiente para matar; Manami estava apenas inconsciente.

Eles sabiam. Ela foi até minha casa para descobrir e agora tinha certeza. Não sabia que eu fizera de propósito, mas isso não importava mais. Não mudava o fato de que eu tinha matado a menina.

Todos olhavam para mim. Fiquei imaginando o que Watanabe estaria pensando, qual era a expressão do rosto dele, mas não consegui olhar. Concluí que a polícia chegaria logo para me levar. Até que ouvi Moriguchi dizer que não confiava na lei para nos punir. Como assim?

Tudo à minha volta foi ficando turvo. Eu tinha caído dentro de alguma coisa, não uma piscina. Algum tipo de pântano me engolia, deixando apenas a voz monótona de Moriguchi sussurrando nos meus ouvidos:

"Injetei sangue na caixinha servida para A e B hoje de manhã", ela dizia. "Não o meu. O sangue do homem mais nobre que conheço – o pai de Manami, Santo Sakuranomi."

O sangue de Sakuranomi-sensei – sangue com HIV – no leite? A caixinha que eu tinha tomado até a última gota? Eu podia ser idiota, mas não a ponto de não entender o que isso significava.

Morte. Eu vou morrer... vou morrer... vou morrer... vou morrer... vou morrer... vou morrer... vou morrer... vou morrer...

vou morrer... vou morrer... vou morrer... vou morrer... vou morrer... vou morrer... vou morrer... vou morrer... vou morrer... vou morrer...

Eu vou morrer.

Senti meu corpo afundando cada vez mais no pântano gelado.

Logo depois da vingança – *Da janela do quarto, o garoto olha o céu.*

Férias de primavera. Passei os dias no meu quarto, olhando o céu.

Eu queria sair do pântano e fugir correndo para algum lugar. Um lugar onde ninguém me conhecesse. Um lugar onde eu pudesse começar de novo.

Os aviões cruzam o azul do céu e deixam seus rastros brancos. Até onde vão? Enquanto penso nisso, me lembro de algo que escutei uma vez.

Quem é fraco faz de vítima pessoas ainda mais fracas. E o vitimado geralmente sente que só tem duas opções: suportar a dor ou acabar com o sofrimento se matando. Mentira. O mundo é muito maior do que isso. Se o lugar onde você está é doloroso demais, você deveria ser livre para encontrar um refúgio menos doloroso. Não tem nada de vergonhoso em procurar um lugar seguro. Pode acreditar que nesse mundo gigantesco existe um lugar para você, um porto seguro.

Então lembrei quem disse isso: Sakuranomi-sensei. Eu o vi na televisão alguns meses atrás. Que piada eu me lembrar disso agora. Ele tinha certeza de que eu teria um lugar para ir agora, mas como um garoto de treze anos sobreviveria sozinho no mundo? Onde eu dormiria? O que comeria? Quem daria comida para um fugitivo? Ou trabalho? Não dá para sobreviver lá fora sem dinheiro. É sempre assim: os adultos dão um monte de conselhos, mas só entendem o mundo do jeito deles; não conseguem se lembrar de como era ser criança.

...Quando eu tinha sua idade, sempre fugia de casa. Eu e meus amigos sempre arrumávamos confusão e éramos punidos por causa disso. Mas a gente nunca pensou em se matar... Por que pensaríamos nisso? Nós tínhamos uns aos outros.

Talvez tivesse sido assim no tempo dele, mas hoje as coisas são diferentes. Ninguém tem "amigos" de verdade – eu nem sei o que isso significa. Então, se for para viver, minha única escolha é viver nesta casa. Meu pai trabalha, minha mãe cuida de mim, e vou ficar aqui. É o único refúgio que eu tenho.

Mas o que acontecerá se eu passar HIV para minha mãe e meu pai e eles adoecerem e morrerem antes de mim? O que eu farei depois?

Preciso tomar cuidado para eles não pegarem nada.

Esse é meu único objetivo enquanto passo meus últimos dias aqui nesse pântano.

Eu choro bastante, mas não por estar triste. Quando acordo de manhã e percebo que estou vivo, a primeira coisa que faço é chorar de alegria. Abro as cortinas e deixo a luz do sol entrar. Não tenho nada para fazer – mesmo assim, choro quando começa um novo dia.

Choro porque a comida da minha mãe é uma delícia. Ela enche a mesa com tudo que gosto, e eu choro ainda mais quando me dou conta de que talvez não tenha muito mais tempo para apreciar aquilo. Até provei aqueles bolinhos de feijão que sempre odiei, achando que devia sentir o gosto de novo enquanto tinha chance, e chorei porque nunca pensei que podiam ser tão bons. Por que não os experimentei antes?

Soube que minha irmã está grávida e chorei pensando numa vida chegando ao mundo. Queria dar os parabéns pessoalmente porque ela sempre foi muito boa para mim, mas não podia correr o risco de infectar o bebê, então fiquei no quarto, chorando sozinho.

Na verdade, não estou infeliz. Não odeio o jeito como sou agora. Achei que seria terrível viver assim, sabendo que ia morrer cedo, mas minha vida está mais tranquila do que nunca.

Queria que as coisas ficassem assim para sempre.

Mas aí as férias acabaram.

Eu ia começar o oitavo ano e precisava ir para a escola.

Por isso chamam de "educação obrigatória". Eu sabia de tudo isso, mas simplesmente não consegui ir. Sou um assassino. Se eu aparecesse na escola, os outros alunos iam me punir. Iam me machucar. Tinha quase certeza de que poderiam até me matar. Não tinha como eu voltar para a escola.

Mas além de tudo o que poderia acontecer na escola, eu tinha outro problema. Não sabia se minha mãe me deixaria ficar em casa. Estou inventando um monte de dores desde que a aula começou, mas não posso fazer isso para sempre. Mais cedo ou mais tarde ela vai ficar nervosa, gritar ou me dizer que está decepcionada. Odeio tudo isso, mas não posso falar para ela por que não quero ir para a escola.

O que ia acontecer se ela soubesse todos os detalhes sobre a filha de Moriguchi?

Eu joguei o corpo na piscina depois que Watanabe a matou. É isso que ela pensa – o que já é um abalo e tanto. Mas como ficaria se soubesse que o assassino sou eu, e que a matei de propósito? Ou que Moriguchi se vingou me infectando com o vírus da aids?

Eu sei como ela se sentiria: ia enlouquecer. Mas o que eu faria se ela não me quisesse mais aqui? Ser expulso de casa era o que me dava mais pavor.

Para mim, era o mesmo que morrer.

De repente, ela entrou no meu quarto.

Fiquei surpreso por não me mandar para a escola. Em vez disso, queria que eu fosse ao médico. Disse que eu poderia ficar em casa descansando um tempo se eles dissessem que eu tinha algum problema psicológico.

Talvez eu *estivesse* doente.

Mas se eu fosse ao médico, eles podiam descobrir o HIV e minha mãe ficaria sabendo. Fiquei com medo, mas concluí que se eles tentassem fazer algum exame, eu podia fugir. De todo modo, qualquer coisa era melhor que ser obrigado a ir para a escola – onde os alunos com certeza me matariam.

Por fim, eu não deveria ter me preocupado tanto. O médico deu um nome para o que me aflige. Chama "disautonomia", e não tenho a menor ideia do que seja. Mas parece que um monte de garotos da minha idade no Japão está ficando em casa por causa disso. Minha mãe não pareceu exatamente preocupada. Na verdade, acho que ficou até feliz. Por fim, significava que eu podia ficar em casa descansando durante um tempo, o que me deixou um pouco mais tranquilo.

Quando saímos da clínica, olhei em volta como se estivesse enxergando o mundo com outros olhos. Eu não tinha percebido de manhã porque estava muito nervoso, mas era a primeira vez que saía de casa desde aquele dia. Fiquei surpreso por conseguir respirar lá fora como qualquer pessoa normal. Eu podia até não ir para a escola, mas talvez conseguisse sair de novo.

Respirei bem fundo, meio que testando se eu tinha realmente saído do pântano, nem que fosse só um pouquinho, e vi o Domino Burger perto da estação. Não era meu lugar preferido – eu e Watanabe fomos lá naqueles poucos dias em que pensei que éramos amigos –, mas quando minha mãe me perguntou se eu queria comer alguma coisa antes de voltar para casa, eu disse que queria um hambúrguer. Sabia que eles usavam pratos descartáveis, então eu tinha menos chance de espalhar o vírus, mas o verdadeiro motivo era que eu precisava provar uma coisa para mim mesmo. Sabia que não estava pronto para voltar ao Happy Town, mas se conseguisse encarar um lugar como o Domino Burger, acho que acabaria conseguindo me arrastar para fora do pântano.

Eu estava tão preocupado se ia morrer que me esqueci totalmente de Watanabe – só me lembrei quando vi a placa do Domino. O que será que ele estava fazendo? Tive certeza de que estava trancado no laboratório daquela casa deserta, pensando que também podia morrer, e confesso que me senti bem pensando nisso. Ele estava tendo o que merecia – foi o que pensei quando mordi meu hambúrguer. De repente, alguma coisa voou na minha perna.

Leite! Leite! Leite... Elas estavam sentadas na mesa ao lado...

Moriguchi e a filha!

Elas estavam atrás de mim, empurrando minha cabeça para baixo justo agora que eu tinha conseguido sair um pouco do pântano. Parem! Parem! Parem!... Minha cabeça começou a afundar de novo. Elas me olhavam para garantir que eu não sairia. A lama começou a entrar na minha boca, descendo pela garganta.

Corri para o banheiro e comecei a vomitar, tentando me livrar daquela lama. E da imagem de Watanabe.

Cerca de dois meses depois da vingança *– O garoto espia as visitas pela cortina.*

Não consegui sair de novo desde a consulta com o médico, mas consegui chegar até aqui. Está tranquilo, quieto. Meu quarto é o lugar mais tranquilo, pois aqui não preciso me preocupar se vou passar o vírus para os outros.

Leio mangá na internet quase todos os dias, depois penso em sequências para as histórias e escrevo no caderno que minha mãe comprou para mim. Tenho que limpar muitas coisas, o que é um saco, mas é melhor fazer isso do que ficar à toa o dia inteiro.

E então eles apareceram. Terada, o novo professor conselheiro, e Mizuki. Falaram que haviam trazido uma cópia da matéria das aulas, e minha mãe os deixou entrar e conversou com eles na sala, bem embaixo do meu quarto. Consegui escutar todas as palavras. Minha mãe passou um tempão falando para Terada de como Moriguchi tinha sido terrível.

Terada disse para minha mãe confiar que ele resolveria meus problemas. Falou com uma voz tão arrogante que minha vontade foi de dar um grito.

Me deixem em paz!

Consegui ficar quieto, mas comecei a sentir muito medo.

Não podemos confiar nos professores. Ele estava sendo amigável e gentil, mas queria mesmo era me convencer a voltar para a escola para que os outros me matassem. Terada deve ter sido aluno de Moriguchi, talvez ela até fosse guru dele. Agiu como se estivesse preocupado comigo, mas deve ter vindo só para bisbilhotar e contar tudo pra Moriguchi. Eu também não podia confiar em Mizuki. Teve um boato na escola de que ela era espiã de Moriguchi. Talvez Moriguchi não estivesse satisfeita; talvez tivesse resolvido me matar de uma vez, e tudo fizesse parte de um plano. Acho que minha mãe gostou de Terada. O que eu faria se ela o deixasse vir no meu quarto? Provavelmente viria me matar. Minha mãe falou muito mal de Moriguchi para Terada... e se ele contar tudo para ela?

Quando minha mãe entrou toda orgulhosa no meu quarto, eu gritei e joguei um dicionário em cima dela. Por que não conseguia ficar de boca fechada? Acho que ela ficou chocada, provavelmente porque era a primeira vez que eu agia daquele jeito. Assim que ela fechou a porta, comecei a chorar de novo. Fui obrigado a fazer isso, não consegui pensar em outra coisa para me proteger.

Terada e Mizuki vêm aqui em casa toda semana, e eu sempre fico apavorado. Minha mãe não os deixa mais entrar, mas não disse para não virem mais. Quanto tempo isso vai durar?

Ando com medo de sair do quarto. E se tiver alguém lá fora? Moriguchi, Terada, Mizuki, ou o assustador Tokura, o treinador de tênis? Sinto tanto medo que não consigo fazer mais nada.

Todos querem me matar.

Se descobrirem que estou lendo mangá na internet, vão me matar por isso. Tenho certeza de que Moriguchi sabe os sites que visito antes mesmo de eu abrir a página. E se Terada deixou alguma escuta na sala e Moriguchi estiver ouvindo tudo que falo? Se ela me escutar dizendo que a comida está deliciosa, ou que me diverti com alguma coisa, vai ter ainda mais vontade de me matar.

Estão me espionando. E eu não posso fazer nada. Fico sentado no meu quarto, olhando as paredes brancas, mas a imagem da piscina e da menina boiando na água aparece na minha frente. Quero olhar para o outro lado, mas sei que, de alguma maneira, não tenho permissão.

Moriguchi me amaldiçoou.

Passo o dia inteiro olhando para a parede. Não sei que horas são, que dia é. Não sinto o gosto da comida. Tenho medo de morrer, mas não sinto que eu esteja vivendo. Talvez não esteja.

Pela primeira vez depois de dias, me olhei no espelho. Estou um trapo, imundo, mas consegui ver alguns sinais de vida. Meu cabelo cresceu. Minhas unhas estão grandes. Minha pele está grudenta. Mas ainda estou vivo. Comecei a soluçar de tanto chorar.

Estou vivo! Vivo! Vivo!

Eu tinha uma prova – o cabelo grande, as unhas compridas, a pele oleosa. Meu cabelo me cobre os olhos e as orelhas, esconde meu rosto; me protege e me deixa saber que ainda estou vivo.

Cerca de três meses depois da vingança – *O garoto vê coisas pretas.*

Acordei de um sono profundo, como se finalmente tivesse rastejado para fora de onde havia me afundado, e encontrei umas coisas pretas espalhadas no travesseiro.

O que está acontecendo?

Balancei a cabeça e apanhei uma das coisinhas pretas, mas ela se dissolveu na minha mão. Já quase em pânico, levei as mãos à cabeça e senti minhas orelhas.

Era meu cabelo na cama. Meu cabelo! Minha vida! Minha vida!

A lama no fundo do pântano começou a ceder, e afundei novamente, sentindo aquela pasta de lodo entrar pelo nariz, pela boca, pelos ouvidos – estou sufocando, tossindo, não consigo respirar...

A morte, a morte, a morte, a morte, a morte, a morte   a morte a morte   a morte   morte   morte   morte   morte   morte morte   morte   morte...

Eu não quero morrer. Eu não quero morrer. Eu não quero morrer. Não quero morrer não quero morrer não quero morrer não quero morrer...

Não, não, não! Não quero morrer! Estou com medo, estou com medo, estou com medo, com medo, com medo, medo, medo, medo   medo   medo   medo   medo

Alguém me ajudaaaaaaaaaa!

Eu realmente acordei no meu quarto, e não podia estar morto, porque respirava. E mexia os braços e as pernas. Eu estava vivo? Ou morto?

Saí do quarto e desci as escadas correndo. Minha mãe tinha dormido com a cabeça em cima da mesa. Eu estava mesmo em casa. Entrei no banheiro e me olhei no espelho.

É claro que eu não tinha morrido – ou será que eu podia estar morto mesmo ainda tendo cabelo?

Peguei na gaveta a máquina de cortar cabelo. Minha mãe cortou meu cabelo com ela até eu entrar para a sétima série. Quando a liguei na tomada, ouvi aquele zumbido agradável e baixinho. Encostei a lâmina na testa e uma mecha de cabelo oleoso caiu no meu pé – com ela, uma parte de mim que desaparecia. Então era isso? A prova de vida era o medo da morte. Então só havia uma maneira de sair desse pântano.

Pressionei a máquina com força contra a cabeça e a deslizei para trás. Com o zumbido, fui me descamando das mechas de cabelo.

Quando terminei, cortei as unhas. Então tomei um banho e me lavei de toda aquela sujeira. Passei bastante sabonete na esponja e fui esfregando a pele – a sujeira caía no chão como farelos de borracha depois de apagar alguma coisa escrita a lápis. Minha prova de vida descia em redemoinho pelo ralo.

Então por que continuava vivo?

Não conseguia entender. Me limpei de todos os pedacinhos que provavam minha existência e mesmo assim continuava respirando. Daí me lembrei de um filme que eu havia visto alguns meses atrás.

Entendi. Virei zumbi. As pessoas podiam me matar que eu voltaria. Melhor que isso é que meu sangue agora era uma arma biológica. Talvez fosse divertido transformar a cidade inteira em zumbis.

Resolvi sair e tocar em todos os produtos do supermercado – e graças à lâmina que levo no bolso, tudo que eu tocar vai ganhar uma camada de sangue vermelho e grudento.

Missão cumprida! Arma biológica detonada.

Saí de casa e esfreguei a mão em todos os bentôs, *onigiris* e garrafas de suco que encontrei no supermercado, como se colocasse minha marca nos produtos. Queria que todo mundo sentisse o que eu estava sentindo.

De repente, alguém bateu no meu ombro – um garoto de cabelo descolorido que provavelmente trabalhava ali. Olhou para minhas mãos e fez uma cara de apavorado. O sangue escorria e pingava da palma onde eu tinha me cortado – pingava, pingava, pingava, suave e vermelho...

Não estava doendo antes, mas, agora, olhando para o corte, senti a mão pulsar e latejar. Peguei um rolo de gaze na prateleira e enrolei a mão.

Minha mãe chegou para me buscar. Fez várias mesuras para se desculpar com o gerente e o funcionário. Depois comprou todas as coisas que eu sujei de sangue.

Embora o sol tivesse começado a nascer, senti seus raios penetrando forte na minha pele enquanto voltávamos para casa. Enquanto caminhava, piscando e esfregando o suor dos meus olhos, parei de me preocupar com o medo da morte ou com minha prova de vida. Minha mão ainda latejava, e eu estava faminto.

E muito, muito cansado...

Olhei para minha mãe, que caminhava ao meu lado. Estava sem maquiagem, com a mesma roupa da noite anterior. Quando ela ia à Semana de Pais na escola, sempre ficava nervosa por ser mais velha que as outras mães, mas isso nunca me incomodou. Minha mãe era muito mais bonita que todas as outras. Mas essa era a primeira vez que eu a via sair de casa sem maquiagem, e ainda com suor escorrendo no rosto, que ela não conseguiria limpar mesmo se quisesse, pois estava com as mãos ocupadas carregando as sacolas cheias de produtos do mercado. Tive de fechar os olhos com força para não chorar.

Acho que sempre julguei mal minha mãe. Pensava que ela era incapaz de amar um garoto que não correspondesse às suas expectativas, seus ideais tão elevados. Mas eu estava errado. Ela continuava ali, dedicada a mim, mesmo agora, que eu era um zumbi.

Resolvi contar tudo para ela e convencê-la a me levar à polícia. Se continuasse comigo, tenho certeza de que suportaria minha punição. Se me aceitasse mesmo sendo um assassino, talvez eu conseguisse começar de novo.

Mas eu não sabia como contar tudo para ela. Só sabia que deveria contar a verdade, mas, por algum motivo, eu ainda tinha medo de ela me abandonar se soubesse.

A quem estou tentando enganar?

Afinal de contas, eu só queria deixar aberta uma rota de fuga – por isso decidi contar o que tinha feito, mas ao mesmo tempo fingindo ser um zumbi enquanto contasse.

Foi enquanto explicava o que Moriguchi tinha feito comigo, sobre o leite contaminado, que de repente me dei conta de algo importante: eu não sabia se estava infectado ou não. Ou, se estivesse infectado, se eu realmente tinha a doença. Do que tive tanto medo esse tempo todo?

A água do pântano começou a clarear diante de mim.

Do nada eu me senti livre, e talvez por isso pudesse contar para minha mãe que havia matado a filha de Moriguchi – que eu quis matar a menina. A sensação que tive naquele dia à beira da piscina – a sensação de que eu era melhor do que Watanabe, melhor do que qualquer um – voltou inteira enquanto eu falava.

Quando terminei minha confissão, notei que minha mãe estava bastante chocada. Achei que ela concordaria que eu precisava me entregar, mas só ficou sentada. Não gritou comigo nem me empurrou. Não desistiu de mim, e isso me deixava ainda mais feliz.

Mas depois me perguntou por que eu joguei a menina na piscina mesmo depois de ela ter aberto os olhos. "Foi porque você estava assustado, não foi?" Ela deve ter dito isso umas dez vezes. Eu queria dizer que era porque estava fazendo o que Watanabe – o tipo de filho que ela sempre quis ter – não pôde fazer. Eu tinha sido bem-sucedido naquilo em que ele tinha fracassado. Mas não consegui.

Eu não queria magoá-la ainda mais, então só continuei dizendo que estava pronto para ir à polícia.

Eles apareceram de novo. Terada e Mizuki. Podem vir quantas vezes quiserem, não me assustam mais.

Só que Terada começou a gritar na porta.

"Naoki! Se estiver me ouvindo, escuta!"

Sentei perto da janela para escutar. Naquele momento, não me importava com o que ele dissesse.

"Você não é o único que está com problemas nesse trimestre! Alguns colegas fizeram *bullying* com Shūya! Foi muito ruim!"

O quê? Watanabe estava indo à escola esse tempo todo? E continuava vivo? Terada começou a dizer que os alunos o puniram, mas depois pararam.

Não ouvi mais nada depois disso. Só conseguia me lembrar do que Watanabe me falou perto da piscina.

A gente nunca foi amigo. Não suporto garotos iguais a você – inúteis, mas cheios de si! Comparado a um gênio como eu, você é um fracasso total.

E agora eu conseguia ouvi-lo gargalhando de mim, sabendo que sou um *hikikomori*.

Me entoquei na minha cama. O quarto estava escuro, e eu rangia os dentes. Eu sabia que estava com muita raiva, mas não sabia o que fazer com ela. Tudo culpa de Watanabe, que ainda estava indo para a escola como se nada tivesse acontecido. Me senti o maior perdedor do mundo.

Mesmo se minha mãe não for comigo, amanhã vou à polícia confessar. Tudo. Pode ser mais fácil para ele sair dessa do que para mim, mas pelo menos ele vai saber que quem matou a menina fui eu, e porque tive vontade. Ele vai ficar arrasado. Queria ver a cara dele quando descobrir. Queria estar lá para me dobrar de rir.

Ouvi alguém subindo as escadas. Deve ser minha mãe, deve vir me dizer que vai à polícia comigo amanhã. Fiquei tão feliz que fui esperar no corredor. Mas...

Quando chegou no topo da escada, vi que trazia algo na mão. Uma faca de cozinha.

O que ela queria?

"O que é isso?", perguntei. "A gente não vai à polícia?"

"Não, Naoki", disse ela. "Isso não mudaria nada. Não traria de volta meu doce Naoki."

Ela estava chorando muito.

"Você vai me matar?"

"Quero que você venha comigo ver o vovô e a vovó."

"Você vai me mandar sozinho."

"Não, eu também vou."

Ela me abraçou, e percebi pela primeira vez que estava mais alto do que ela. De repente, me senti em paz, sabendo que ficaria tudo bem se eu morresse e ela fosse comigo.

Minha mãe era a única que me entendia.

"Naoki, meu menino. Me perdoe. Você é assim por minha culpa. Me desculpe por não ter sido uma mãe melhor. Me perdoe por ter fracassado com você."

Me perdoe por ter fracassado com você. Fracassado com você. Você é um fracasso. Fracasso! Fracasso, fracasso, fracasso, fracasso fracasso fracasso fracasso fracasso fracasso fracasso fracasso fracasso...

Ela me soltou e acariciou minha testa. Ela sempre foi tão boa para mim, me mimando, me paparicando. Ela me olhava com pena.

"Me perdoe por ter fracassado com você."

Para, para, para! Eu *não sou* um fracasso! Eu *não* fracassei!

Uma coisa quente espirrou no meu rosto.

Sangue, sangue, sangue. O sangue da minha mãe... Eu a esfaqueei?

O corpo dela pareceu frágil enquanto rolava pela escada.

Mãe, me espera! Não me deixa! Mãe! Mãe! Mãe!... Me leva com você!

As imagens na parede sempre param nesse ponto. Quem é esse garoto estúpido que sempre aparece? E por que eu sei exatamente o que pensa?

Tem também essa moça que diz que é minha irmã. Outro dia ela ficou me chamando do outro lado da porta.

"Naoki, você não fez nada. É tudo um pesadelo", disse ela.

Ela me chamou de "Naoki". Não gosto de ser chamado pelo mesmo nome que esse garoto idiota do filme na parede. Mas se eu sou mesmo esse garoto, então o "pesadelo" é esse filme que passa na parede.

E, se o filme foi um sonho, o que é isso?

Preciso acordar logo. Vou comer os ovos mexidos com bacon que minha mãe faz, depois vou para a escola.

CAPÍTULO 5

Credulidade

TESTAMENTO

Sei que talvez seja sinistro começar o testamento de um garoto do oitavo ano desse jeito, mas a felicidade é tão frágil e passageira quanto uma bolha de sabão.

A única pessoa que eu amava no mundo inteiro morreu, e naquela noite, quando fui tomar banho, vi que o xampu tinha acabado. A vida é assim. Mas quando pus um pouco de água no frasco e sacudi, ele se encheu com umas bolhas pequenininhas.

Foi nessa hora que entendi: esse sou eu. Acrescento água ao que resta de felicidade e a transformo em bolhas para encher o vazio. Talvez não passe de uma ilusão, mas ainda é melhor que o vazio.

31 de agosto

Plantei uma bomba na escola.

Programei-a para detonar quando eu fizer uma chamada do meu celular. Arrumei outro aparelho com um número diferente e o conectei à bomba como gatilho. Quando o aparelho tocar, a vibração faz a bomba explodir. Então dá para disparar a bomba de qualquer aparelho, é só ter o número – ou até se alguém discar errado e cair naquele aparelho. Cinco segundos depois, CABUM!

A bomba está embaixo do pódio no palco do ginásio.

Amanhã vai ter um encontro geral de toda a escola para finalizar o segundo trimestre, e eles vão anunciar que um ensaio que eu escrevi ficou em primeiro lugar num concurso. Meu professor conselheiro, Terada, me contou ontem qual será a programação.

Vou subir no palco para receber um certificado, depois vou ao pódio e leio o ensaio. Nessa hora, todos terão uma surpresa. Em vez de ler o ensaio, vou dizer umas palavras de despedida e detonar a bomba...

Vou me explodir em pedacinhos, e levar comigo todas as insignificâncias da vida.

Uma criança nunca praticou um crime assim, e aposto que a televisão e os jornais só vão falar disso. O que será que vão dizer de mim? Aposto que vão falar dos meus "demônios interiores" e usar os maiores clichês; mas mesmo que as descrições na imprensa não sejam totalmente verdadeiras, espero que tudo o que escrevo neste site seja publicado assim. Só lamento os jornais não divulgarem meu nome verdadeiro, por eu ser menor.

O que o público gostaria de saber realmente sobre um criminoso? Sua história de vida ou seus problemas psicológicos? Talvez o motivo para cometer o crime? Bom, se é isso que querem, vou começar falando disso.

Entendo por que assassinato é considerado crime. Mas não entendo por que é essencialmente um mal. O ser humano é apenas uma entidade no meio de uma quantidade infinita de outras entidades, vivas ou não, que existem na Terra. Se o bem-estar de uma exige a eliminação da outra, que assim seja.

Mas essa crença não me impediu de escrever um ensaio sobre o significado da vida melhor do que o ensaio de todos os alunos da classe – melhor até do que o escrito por alunos do ensino médio de toda a província. O ensaio começa com uma citação de *Crime e castigo*, de Dostoievski: "Os homens extraordinários têm o direito de violar as leis para trazer algo novo ao mundo". Mas argumentei contra essa ideia, dizendo que a vida é preciosa e que, em nenhuma circunstância, o assassinato deveria ser justificado. Demorei menos de meia hora para terminar, e até simplifiquei a escrita para parecer mais com o estilo de um garoto do oitavo ano.

Aonde quero chegar? Esse tipo de moral convencional não passa de uma lição na escola.

Imagino que algumas pessoas devem ter uma aversão instintiva ao assassinato. Mas num país como o Japão, onde religião não é tão importante, acho que a maioria aprendeu a valorizar a vida acima de tudo. Mesmo assim, essas mesmas pessoas apoiam a pena de morte no caso de crimes particularmente brutais – sem se dar conta da incoerência de seu próprio argumento.

No entanto, em raríssimas ocasiões, há quem se posicione contra essa lógica e diga que a vida de um assassino é tão válida quanto a de qualquer pessoa, independentemente de posição social. Mas que tipo de educação resulta numa percepção dessas? Será que vem da infância, quando toda noite, antes de dormir, ouvimos ao pé do ouvido contos de fadas sobre o "valor precioso da vida" – se é que esses contos existem? Se sim, acho que consigo entender esse tipo de atitude, mesmo que seja muito diferente do meu caso.

Minha mãe nunca me contou histórias para dormir. Ela me colocava na cama toda noite, mas ao invés de contar histórias, falava sobre engenharia elétrica. Correntes, voltagem, Lei de Ohm, Leis de Kirchhoff, Teorema de Thévenin, Teorema de Norton... Meu sonho era ser inventor, criar uma máquina que fizesse algo novo – extraísse células cancerígenas, qualquer coisa. As histórias da minha mãe sempre acabavam assim.

Nossos valores são determinados pelo ambiente em que crescemos; e aprendemos a julgar os outros usando um padrão estabelecido para nós pela primeira pessoa com quem temos contato – nossa mãe, na maioria das vezes. Então, por exemplo, alguém criado por uma mãe cruel pode conhecer uma pessoa, que vou chamar de A, e achá-la gentil; mas alguém criado por uma mãe bastante gentil pode achar que A é cruel.

De todo modo, minha mãe sempre me serviu de base para julgar os outros, e até hoje não conheci uma pessoa tão extraordinária quanto ela. O que significa que não vou me arrepender da morte de ninguém ao meu redor. Infelizmente, isso inclui meu pai. Ele é um cara legal e gentil, tem uma vida boa para um dono de uma loja de eletrônicos, e só isso. Eu não odeio meu pai, só acho que não faz diferença se ele estiver vivo ou morto.

Até a pessoa mais sábia pode passar por um período ruim na vida, uma fase em que, sem ter culpa nenhuma, tem o azar de ser acolhida por alguém. Minha mãe estava no meio de um período desses quando conheceu meu pai.

Ela morava no exterior e voltou para fazer doutorado em engenharia elétrica numa universidade conceituada, mas encontrou um problema quando já estava no final da pesquisa. No meio dessa confusão, ela sofreu um acidente.

Depois de participar de uma conferência fora da cidade, pegou um ônibus à noite para voltar para casa. O motorista dormiu, e o ônibus caiu num barranco. Foram cerca de doze mortes e muitos feridos. Minha mãe foi atirada para fora do ônibus e teve traumatismo craniano. Colocaram ela na primeira ambulância que chegou, e o paciente na maca ao lado calhou de ser meu pai. Ele estava indo para o casamento de um amigo de faculdade.

Pouco tempo depois eles se casaram e eu nasci. Ou talvez tenha sido o contrário. Quando terminou o doutorado, minha mãe abandonou a pesquisa, ignorou sua genialidade e veio morar aqui, nessa cidade morta, sem perspectiva de crescimento.

A gente pode pensar no tempo que minha mãe passou aqui como uma forma de reabilitação. Passava os dias num canto da loja de eletrônicos do meu pai, num bairro comercial nos arredores da cidade, redescobrindo maneiras de contar para o filho um pouquinho do que sabia. Um dia, tirava a tampa de um despertador; no outro, abria uma televisão, dizendo o tempo todo para mim que não havia limite para as descobertas do futuro.

"Você é um menino muito inteligente Shūya. Conto com você para fazer as coisas que não fui capaz."

Ela me dizia isso quando tentava explicar o motivo de ter trocado seu projeto de pesquisa por uma criança que ainda estava no meio do ensino fundamental – e talvez tenha tido alguma inspiração enquanto repetia os detalhes. O fato é que ela escreveu um novo artigo sem falar para o meu pai e se inscreveu num congresso nos Estados Unidos. Eu tinha nove anos.

Pouco tempo depois, um professor do antigo departamento de pesquisa onde ela estudava foi até minha casa para convencê-la a voltar para a universidade. Eu estava no quarto e consegui ouvir a conversa. Fiquei tão feliz por alguém entender e valorizar minha mãe que nem me preocupei que ela pudesse se ausentar.

Mas ela recusou. Disse que iria se fosse solteira, mas que agora era mãe e não podia deixar o filho sozinho.

Foi um choque para mim entender que eu era o motivo da recusa. Eu estava segurando minha mãe. Eu não era apenas um garoto sem valor; na verdade, eu estava negando o valor à pessoa que mais amava.

Eu achava que "arrependimento profundo" fosse uma figura de linguagem, mas talvez seja isso que minha mãe sentiu. Todos os sentimentos que reprimia vieram à tona, e todos direcionados apenas a mim.

"Se não fosse por você", ela falava quando começou a me bater quase todos os dias. E não precisava nem de um bom motivo – não comi todos os legumes, errei uma questão na prova, fechei a porta com força... Por fim, ela não conseguia suportar minha mera existência. Mas toda vez que me batia, eu sentia um vazio se abrindo cada vez mais dentro de mim.

Nunca pensei em contar a meu pai o que ela fazia. Como disse, eu não o odiava, mas aceitava a decisão da minha mãe, e quanto mais eu o enganava e fingia que nada estava acontecendo, mais eu me sentia superior a ele.

Por outro lado, por mais que meu rosto ficasse inchado e eu tivesse um monte de marcas roxas nos braços e nas pernas, nunca senti ódio pela minha mãe. Se me atacava com violência durante o dia, ela sempre entrava no meu quarto durante a noite e passava a mão na minha cabeça, enquanto eu fingia dormir. Os olhos dela se enchiam de lágrimas quando me pedia desculpas. Como eu poderia odiá-la?

Quando minha mãe saía do quarto, eu chorava até dormir, com o rosto enfiado no travesseiro para abafar os soluços. Era doloroso demais perceber que a única pessoa que eu amava sofria pelo simples fato de eu existir.

Foi mais ou menos nessa época que comecei a pensar em morrer.

Se eu morresse, minha mãe conseguiria demonstrar plenamente sua genialidade e realizar seu sonho. Comecei a pensar em todos os cenários possíveis de suicídio. Pular na frente de um caminhão na estrada. Me jogar do telhado da escola. Enfiar uma faca no coração. Todas pareciam horríveis e pouco atraentes. Me lembrei de como minha avó tinha morrido no hospital um ano antes, como se estivesse dormindo, e comecei a desejar alguma doença.

Enquanto buscava desesperadamente uma forma de morrer, meus pais se divorciaram. Eu tinha dez anos. Meu pai finalmente percebeu que minha mãe estava me maltratando. Parece que o dono de uma loja vizinha contou para ele. Minha mãe não se defendeu, dizendo que ia embora assim que saísse o divórcio. Mesmo tendo entendido que não poderia ir com ela, chorei como se meu corpo estivesse sendo dilacerado. Quando parei de chorar, me senti totalmente vazio por dentro. Depois que meus pais decidiram se divorciar, minha mãe nunca mais me bateu. Pelo contrário, passou a me acariciar a bochecha ou a testa em diferentes momentos do dia. Preparava todos os meus pratos prediletos – charutos de repolho, batatas gratinadas, *omuraisu* –, e sua genialidade também se manifestava na cozinha. Seus pratos eram melhores que os de qualquer restaurante.

Um dia antes de ir embora, nós saímos juntos pela última vez. Ela me perguntou aonde eu queria ir, mas um choro incontrolável me impediu de responder. Acabamos indo a um shopping chamado Happy Town que tinha acabado de abrir, na saída da cidade.

Ela me comprou um monte de livros e o último videogame que havia sido lançado. Me deixou escolher todos os jogos que quisesse, talvez imaginando que eu pudesse passar os dias jogando sozinho. Mas os livros ela mesma escolheu.

"Talvez estes livros sejam difíceis para você agora, mas quero que os leia quando entrar no sétimo ano. Todos foram importantes para mim na minha adolescência. Você tem meu sangue nas suas veias, Shūya, tenho certeza de que serão importantes para você também." Dostoievsky, Turguêniev, Camus... nenhum deles me pareceu interessante na época, mas não me importava. Era suficiente ter o sangue dela "nas minhas veias".

Comemos hambúrgueres numa rede de *fast-food* em nosso último jantar juntos. Ela sugeriu irmos a um restaurante legal, mas achei que um lugar com iluminação forte e bastante barulhento me ajudaria a não chorar.

Ela pediu para entregarem nossas compras em casa, pois resolvemos voltar caminhando, apesar da distância. Ela me deu a mão, a mesma capaz de fazer trabalhos impressionantes com uma chave de fenda, de preparar hambúrgueres deliciosos, ou de bater brutalmente no meu rosto – e depois me acariciar com uma gentileza maior que a força da violência. Só naquele momento é que percebi o quanto o ser humano é capaz de comunicar com as mãos. Mas eu havia chegado ao meu limite. A cada passo, eu limpava com a mão as lágrimas que jorravam cada vez mais forte.

"Shūya, você sabe que precisei prometer não te visitar, nem telefonar, muito menos escrever. Mas vou pensar em você o tempo todo. Mesmo que estejamos separados, você continuará sendo meu único filho. Se qualquer coisa acontecer com você, eu esqueço a promessa que fiz e venho correndo te encontrar. Tomara que você não se esqueça de mim, Shūya..."

Ela também estava chorando.

"Você vai vir mesmo?"

Em vez de responder, ela parou e me abraçou. Para mim, um garoto vazio, foi o último momento de felicidade.

Meu pai se casou de novo no ano seguinte. Eu estava com onze anos.

Sua nova esposa, alguém que havia conhecido no ensino médio, era muito bonita, mas incrivelmente burra. Ela estava se casando com o dono de uma loja de eletrônicos, mas não conseguia sequer ver diferença entre pilhas AA e AAA.

Acabei descobrindo que não a odiava. Principalmente porque ela não fingia ser alguém que não era: tinha plena ciência do quanto era estúpida. Quando não sabia uma coisa, simplesmente falava que não sabia. Se um cliente fazia uma pergunta difícil, ela anotava cuidadosamente a pergunta, levava para meu pai e depois telefonava de volta com a resposta. Havia algo de admirável nesse tipo de estupidez. Comecei a chamá-la de Miyuki-san, com um respeito genuíno. Nunca lhe respondi mal ou a tratei como a madrasta má, como fazem as crianças naqueles pastelões que passam na TV. Ao contrário, eu era o enteado modelo, que encontrava para ela uma bolsa de grife mais barata na internet, ou a acompanhava até o supermercado para carregar as sacolas.

Nem me importei quando ela foi à Semana dos Pais na escola. Eu não havia dito nada, mas ela devia ter escutado algum dono de outra loja comentar. De todo modo, lá estava ela, toda embonecada, bem no meio da primeira fila. Enquanto eu estava no quadro resolvendo um problema de aritmética difícil demais para as outras crianças, ela tirou uma foto minha com o celular e mostrou para meu pai quando chegamos em casa – mas eu não liguei. Para dizer a verdade, fiquei feliz com o gesto.

Às vezes nós três saíamos para jogar boliche ou cantar no karaokê, e comecei a notar que, pouco a pouco, fui me tornando tão estúpido quanto eles, e que de fato havia algo de extraordinariamente prazeroso em ser estúpido. Inclusive comecei a achar que poderia ser feliz sendo nada mais que um membro dessa família de patetas.

Uns seis meses depois que Miyuki-san e meu pai se casaram, ela engravidou. Como tanto o pai quanto a mãe eram boçais, decerto o bebê também seria. No entanto, parte de mim estava curiosa para ver que tipo de criança nasceria – dado que metade do sangue de suas veias teria uma relação comigo. Nesse momento, passei a me sentir como nada mais que um membro feliz dessa família de estúpidos. Mas logo percebi que era o único a me sentir assim. Cerca de um mês antes do parto, na manhã em que fizera o pedido de um berço, Miyuki-san me fez uma revelação:

"Conversei com seu pai e decidimos montar uma sala de estudos pra você na casa da sua avó. Seria difícil se concentrar aqui, com o bebê chorando. Não se preocupe, vamos instalar uma TV e um ar-condicionado. Você vai adorar."

Eles já tinham decidido e não deixaram espaço para discussão. Na semana seguinte, uma van da loja do meu pai pegou todas as coisas do meu quarto e levou para a antiga casa perto do rio. Antes de o dia terminar, um berço novinho foi colocado no lugar onde bate o sol perto da janela do meu antigo quarto.

Escutei o som de uma bolhinha estourando.

Aqui neste fim de mundo, não há escolas competitivas. Eu entraria no ensino médio sem sequer ter de estudar para provas de admissão. Quanto às aulas do ensino fundamental, independentemente do assunto, bastava-me ler o texto uma única vez para ver do que se tratava e dominar a matéria quase de imediato. Minhas ambições não iam além disso.

Em outras palavras, eu não precisava de uma "sala de estudos". Mas lá estava ela. Para fazer bom uso do espaço e de todo o tempo que agora eu tinha nas mãos, resolvi ler os livros que minha mãe havia comprado para mim, ainda que um pouco antes do programado.

Não sei exatamente o que minha mãe entendeu de *Crime e castigo* e *Guerra e paz*, mas acho que as ideias que tive enquanto lia devem ter sido parecidas com as dela, pois o mesmo sangue corria nas minhas veias. Adorei todos os livros que ela escolheu e os lia sem parar. Era como se estivesse com minha mãe durante a leitura, mesmo que ela estivesse tão distante, e esses foram alguns dos poucos momentos de felicidade que tive nesta casa solitária.

Minha sala de estudos costumava ser usada como depósito da loja, e, sentado ali, apenas com as lembranças de minha mãe, um dia olhei em volta e me dei conta do tesouro que havia ali. Eu tinha praticamente todas as ferramentas elétricas imagináveis, bem como todos os tipos de aparelhos eletrônicos quebrados ou descartados. No meio deles, encontrei um despertador igual ao que minha mãe havia aberto para me mostrar.

Troquei as pilhas, mas continuou sem funcionar, então resolvi consertá-lo. Quando retirei a tampa, vi que o problema era apenas mau contato em um fio. Enquanto fazia o reparo, tive a ideia de minha primeira invenção: o relógio reverso. Religuei os contatos do ponteiro de hora, minutos e segundos, dando a ilusão de que o tempo andava para trás. Ajustei o horário para meia-noite, e desse momento em diante, comecei a chamar a sala de estudos de meu "laboratório".

Fiquei encantado com o relógio reverso, mas ele não fez muito sucesso com meu público – no caso, os idiotas da minha turma que me emprestavam filmes pornográficos na esperança de que eu removesse as tarjas de censura. Olhavam o relógio sem perceber que os ponteiros giravam ao contrário, e depois que eu era obrigado a dizer, eles simplesmente davam de ombros. "Ó, é mesmo" era o máximo que diziam. Um ou dois se interessaram um pouco mais, mas nem perguntaram como consegui inverter o sentido. Idiotas como eles acreditam que o mundo está limitado ao que enxergam com os próprios olhos. Nunca tentam descobrir o funcionamento interno das coisas. Por isso são idiotas – e por isso são extremamente enfadonhos.

Quando mostrei o relógio para meu pai, ele simplesmente perguntou se estava quebrado. Estava preocupado demais em mimar o novo filho – que havia herdado tanto a cara quanto a estupidez dele.

Meu pobre relógio, minha primeira invenção, foi totalmente ignorado. Mas o que minha mãe diria se eu mostrasse para ela? Só ela veria a genialidade de meu invento e me elogiaria. Eu mal podia conter minha empolgação só de pensar nessa possibilidade.

Mas como mostraria para ela? Não sabia seu endereço, nem seu telefone. A única coisa que sabia era o nome da universidade onde supostamente estaria trabalhando. Resolvi então que a melhor estratégia seria montar meu próprio site, que batizei de "Laboratório do Professor Genial". Se colocasse minhas invenções ali, talvez minha mãe visse e deixasse algum comentário. Eu sabia que as chances eram mínimas, mas nutri essa esperança quando postei o *link* da minha página na caixa de comentários do site da universidade, com a seguinte mensagem:

> Aluno brilhante do sexto ano, amante de engenharia elétrica, mostra suas invenções fascinantes. Deem uma olhada!

Não importa o quanto eu esperasse, nunca vi nenhum comentário que parecesse feito pela minha mãe. Os únicos visitantes do meu site eram meus colegas idiotas, e quando falaram que eu conseguia remover o efeito de mosaico dos filmes pornôs censurados, meu site começou a ser acessado por um bando de pervertidos. Em três meses, o Laboratório do Professor Genial virou ponto de comentário de idiotas perturbados. Com a ideia de assustá-los, postei a fotografia de um cachorro morto que encontrei perto do rio, mas eles gostaram ainda mais, e os comentários ficaram cada vez mais esquisitos. Mesmo assim, não pensei em apagar o site, pois isso seria acabar com a única chance de me conectar com minha mãe.

Continuei trabalhando nas minhas invenções quando entrei para o sétimo ano. Nossa professora conselheira também era professora de ciências. Eu gostava dela, na verdade, principalmente por ser mais distante e não buscar muita intimidade com os alunos. Esse tipo de atitude é bem raro hoje em dia.

Levei para ela uma das minhas invenções, da qual eu me orgulhava bastante – meu "Porta-moedas que dá choque". Estava curioso para ver qual seria sua reação, e o que vi foi a histeria de uma bruxa velha.

"Por que você criou uma coisa perigosa desse jeito? O que está planejando fazer? Matar animais pequenos?"

Um dos idiotas da turma deve ter contado para ela sobre meu site, mas ela tinha sido uma idiota ainda maior por levar a sério as fotos do cachorro morto. Decepcionante. Era a única definição que eu encontrava.

Logo depois disso, no entanto, tive um momento de boa sorte, que veio na forma da Feira Nacional de Ciências. Colocaram no fundo da sala um cartaz que falava da competição, com o nome e a titulação dos seis jurados, em letras miúdas. Tinha um escritor de ficção científica, um político famoso, mas o que chamou minha atenção foi o nome Yoshikazu Seguchi. Na verdade, não dei a mínima para o nome – o título é que chamou minha atenção. Ele estava listado como "Professor de Engenharia Elétrica da Faculdade de Ciências e tecnologia da Universidade K". A mesma universidade onde minha mãe estaria trabalhando.

Se eu inscrevesse minha invenção na feira de ciências e esse professor notasse, minha mãe poderia ficar sabendo. Será que ficaria surpresa ao ouvir meu nome? Será que ficaria feliz pelo fato de o filho ganhar um prêmio usando o conhecimento que ela havia transmitido? Será que ficaria comovida a ponto de parabenizar o filho com quem tinha perdido contato há tanto tempo?

Fiquei empolgadíssimo depois disso. Sempre tive a habilidade de me concentrar quando preciso, mas nunca uma coisa havia me consumido tanto na vida. Primeiro, aprimorei o porta-moedas acrescentando um mecanismo de desativação. Depois, trabalhei nos valores da apresentação e no relatório, pois concluí que, por se tratar de um projeto de ensino fundamental, eles prestariam ainda mais atenção nesses detalhes do que na invenção em si. Será que descartariam minha bolsinha como nada mais que uma piada mecanizada? Não se eu pudesse evitar. Resolvi apresentá-la como um dispositivo antifurtos. Fiz questão de que os diagramas e os parágrafos explicativos fossem perfeitos, mas também redigi a "declaração de objetivos" e as "reflexões sobre o projeto" da forma que escreveria um aluno de ensino fundamental. Também escrevi tudo à mão em vez de imprimir pelo computador. O resultado final foi perfeito, típico de um garoto nerd do sétimo ano.

Só restava um probleminha: a inscrição exigia a assinatura de um professor orientador, mas Moriguchi já tinha falado o que pensava do porta-moedas. Ela deve ter sido influenciada pelo que viu no meu site, mas pareceu chocada quando a procurei pedindo para assinar o formulário. Meu argumento, no entanto, já estava na ponta da língua: "Garanto que fiz com a melhor das intenções, mas você acha que é perigoso demais. Então deixa os jurados decidirem quem está certo". Por fim, ela assinou.

Depois disso, tudo correu como o planejado. Durante as férias de verão, o Porta-moedas que dá choque foi apresentado na feira de ciências de Nagoya e depois seguiu para a competição nacional, onde recebeu menção honrosa, o equivalente ao terceiro lugar. Fiquei um pouco decepcionado de início, mas tendo em conta o efeito que desejava, terceiro lugar acabou sendo ainda melhor que o primeiro. Os juízes tiveram de comentar individualmente cada projeto vencedor, e o juiz encarregado do terceiro lugar foi ninguém menos que o professor Seguchi, da universidade da minha mãe.

"Imagino que seja Shūya Watanabe?", disse ele, aproximando-se de mim enquanto eu exibia minha invenção. "É um ótimo projeto. Eu não teria feito algo parecido. Li sua documentação e vi que você usou diversas técnicas que não são ensinadas no ensino fundamental. Sua professora o ajudou?"

"Não, minha mãe", respondi.

"Sua mãe? Com certeza você é um garoto de sorte. Bem, estou ansioso para ver o que você fará no futuro. Boa sorte."

Ele usou meu nome completo e com certeza conhecia minha mãe. Meu destino estava nas mãos desse homem. Rezei para que ele contasse para minha mãe o que viu assim que se encontrasse com ela. Ou, se não falasse nada, que pelo menos deixasse o panfleto com o nome dos vencedores em algum lugar que ela pudesse encontrar.

Depois do encontro com os jurados, fui entrevistado pelo repórter de um jornal local. Era improvável que minha mãe lesse um jornal de uma cidade distante de onde morava, mas, se soubesse do prêmio por Seguchi, talvez entrasse na internet e encontrasse o artigo. Sempre havia esperança.

No dia em que a entrevista foi publicada, no entanto, uma garota do sétimo ano de uma cidade qualquer cometeu um crime. O Caso Luna. Ela misturava diversos tipos de veneno na comida da família e publicava os efeitos num *blog*. Devo admitir que não fiquei nem um pouco impressionado – vez ou outra surge um idiota assim, com uma ideia interessante.

Esperei o restante das férias de verão, mas não tive nenhuma notícia da minha mãe. Como ela não sabia o número do meu celular, eu passava o dia todo na loja e corria para atender ao telefone toda vez que tocava. Miyuki já tinha se acostumado a não me ter por perto desde que eu havia começado a passar todo o meu tempo no laboratório, e parece não ter gostado muito da minha presença. Eu checava meu e-mail o tempo todo no computador da loja e corria para a caixa de correio sempre que escutava o menor barulho.

Os televisores da loja mostravam o tempo todo a cobertura do Caso Luna. O ambiente familiar da menina, seu comportamento na escola, suas notas, as atividades extraclasse de que participava, seus *hobbies*, seus livros e músicas preferidos... Bastava ligar a TV para receber uma enxurrada de detalhes.

Será que minha mãe tinha ficado sabendo do prêmio que recebi, apesar de todas as notícias do Caso Luna? Comecei a imaginá-la tomando café com o professor Seguchi na lanchonete da universidade.

"Conheci um garoto na feira de ciências outro dia... Shūya Watanabe, se não me falha a memória... Ele apresentou uma invenção interessante..."

Mas isso era um absurdo. Por que falariam de mim? Provavelmente discutiriam o Caso Luna. Quanto mais chocante ficava a cobertura daquele crime idiota, maior era a sensação de que aquelas bolhinhas iam estourando dentro de mim. Eu tinha feito algo maravilhoso, meu nome saiu no jornal, mas minha mãe não sabia. Se eu fizesse uma coisa terrível, talvez minha mãe viesse correndo me ver de novo. Talvez.

Então é isso: relatei meu "passado", minha "loucura interior" e meu "motivo" – ou, pelo menos, o motivo do meu primeiro crime.

Existem crimes de diferentes tipos e gravidades. Furtos em lojas, assaltos, roubos... mas coisas pequenas como essas não rendem mais do que uma lição de moral da polícia ou de um professor, e se tivessem de culpar alguém, escolheriam meu pai ou Miyuki. Qual o propósito disso?

Além disso, nada despertava mais o meu ódio nesse mundo do que coisas sem propósito. Se você vai cometer um crime, que seja um crime do qual as pessoas vão falar, que leve a imprensa à loucura – e só um crime é capaz de fazer isso: assassinato. Eu poderia pegar uma faca na cozinha, correr pelas ruas balançando-a para o alto e gritando como um desvairado, depois esfaquear uma senhora que encontrasse no mercado da esquina. Sem dúvida chamaria muita atenção, mas ao procurar a quem culpar, certamente mencionariam uma má criação por parte de meu pai e Miyuki. De que adiantaria se os jornais falassem da influência dos dois no desenvolvimento do meu caráter? O que poderia ser mais humilhante do que ver meu pai na TV se lamentando por ter me mandado para um quarto de estudos na casa de minha avó em vez de cuidar de mim na casa dele?

Não. Eu precisava fazer com que culpassem minha mãe. Só assim ela viria me visitar. Depois de executar meu plano, os olhos do mundo inteiro precisariam se voltar para ela. Mas o que tínhamos em comum? Nossa genialidade, é claro. Então meu crime precisava demonstrar a inteligência e a capacidade que herdei dela... o que significa que teria de envolver uma das minhas invenções.

Eu deveria criar algo novo? Ou já tinha alguma coisa que poderia funcionar? Mais uma vez, a resposta era simples: o Porta-moedas que dá choque. O professor Seguchi já tinha feito a conexão necessária durante a cerimônia de premiação.

"Sua professora o ajudou?"

"Não, minha mãe", respondi.

Quando um assassinato é cometido, grande parte da atenção naturalmente se volta para a arma do crime. Facas e tacos de beisebol são desinteressantes. Até o cianeto de potássio usado pela tal da Luna podia ser comprado online ou roubado do laboratório da escola. Em outras palavras, o crime havia se baseado nessas ferramentas sem deixar espaço para demonstrar a capacidade do assassino.

O que diriam quando descobrissem que minha arma era algo que eu mesmo inventei? Sem falar que havia sido premiada na Feira Nacional de Ciências, um dos eventos mais importantes. Isso, sim, chamaria atenção. Os juízes responsáveis pela premiação teriam de dar explicações, e, nesse ponto, Seguchi poderia até dizer que minha mãe havia inspirado minha aptidão técnica.

Mas mesmo que todo esse cenário fosse improvável, eu tinha certeza de que meu pai mencionaria a influência de minha mãe se achasse que ajudaria a livrá-lo da responsabilidade pelo que eu tivesse feito. Por outro lado, imagino que eu não teria de me preocupar com isso, pois eu mesmo podia fazer a conexão. Dizer que em vez de ler contos de fadas para mim, minha mãe me ensinava engenharia elétrica desde que eu era pequenininho.

Dava para imaginar o rebuliço decorrente da minha confissão. O que minha mãe teria a dizer? Ela diria que sentia muito, como dissera inúmeras vezes, e depois me abraçaria. Eu tinha certeza disso.

Decidida a arma, eu só precisava de uma vítima. Como aluno de sétimo ano numa cidade no fim do mundo, tinha poucas opções. Minha esfera de atividade era limitada a: 1) minha casa; 2) meu laboratório; 3) a escola. Como disse antes, se eu cometesse o assassinato em casa ou na loja do meu pai, a culpa cairia nele e não na minha mãe, mesmo que tivesse relação com uma de minhas invenções. Acho que eu teria escolhido um dos garotos que brincam no rio perto do laboratório, mas o fato é que o lugar tinha má reputação, e os garotos não brincam nessa área com tanta frequência; seria impossível planejar o crime com o cuidado que eu queria. Restava-me a escola. Por mim, tudo bem, uma vez que assassinatos na escola sempre ganham grande cobertura da mídia.

Quem seria a vítima? A verdade é que não me importo. Não estava interessado nos caipiras idiotas da minha turma – eu mal sabia o nome deles –, e não acho que a imprensa faria uma cobertura diferente se eu escolhesse um aluno ou um professor. Ficariam loucos por qualquer um.

Garoto de treze anos mata professor!

Garoto de treze anos mata colega de turma!

As duas notícias me pareciam excelentes... mas, ao mesmo tempo, um pouco entediantes.

Eu estava pensando no que levava uma pessoa a cometer assassinato, no que despertava o instinto assassino, quando me lembrei do garoto que se sentava perto de mim na sala de aula. Um dia eu o vi rabiscando "Morra! Morra! Morra!" no caderno. Ele é patético, tão imprestável que eu quase falei que era ele quem devia morrer. Mas agora comecei a pensar em quem ele queria ver morto. Talvez eu pudesse usá-lo para conseguir minha vítima.

Mas esse não foi o único motivo que me levou a falar com ele. Havia um elemento ausente no meu plano: uma testemunha. O que haveria de bom no assassinato se ninguém soubesse que eu o havia cometido? Além disso, seria muita tolice eu mesmo me entregar. Precisava de alguém que me acompanhasse até o fim e depois relatasse tudo para a polícia e para a imprensa.

Mas não é qualquer pessoa que faria isso. Em primeiro lugar, precisava evitar quem tivesse um senso de moral muito desenvolvido. Também precisava evitar alguém que abandonasse o barco no meio do trajeto. Por fim, eu precisava de alguém que não fosse totalmente contra assassinatos.

Mas também havia outras coisas a levar em conta. Precisava evitar quem se achasse mais feliz do que eu. Alguns garotos, quando veem alguém numa condição pior que a sua, querem bancar o terapeuta. "Mas por que você quer matar alguém? Deve estar infeliz com alguma coisa. Por que não me fala sobre isso?" O que eu faria se alguém começasse a agir assim comigo? Tudo precisava ser um truque – uma forma de fazer o outro se sentir melhor consigo mesmo.

Felizmente, não foi difícil descobrir os prováveis candidatos. Bastou observar a turma uma semana para ter uma boa ideia de quem era quem.

Descartei todos os idiotas e parasitas que buscavam fama na aba dos outros. Depois havia os idiotas que me viram burlando a censura dos filmes pornôs e depois agiram como se o mérito fosse deles. Ou ainda os metidos a bandido, que se achavam os valentões, mas o máximo que já fizeram foi entrar no meu site para admirar as fotos de animais mortos. Eu não podia correr o risco de uma testemunha reivindicar o papel de cúmplice.

O sujeito ideal era um idiota – embora todos o fossem – que nutrisse algum ressentimento, mas fosse tímido demais para extravasá-lo. Naoki Shitamura encaixava-se perfeitamente nessa descrição.

No início de fevereiro, consegui aumentar a potência de choque do porta-moedas. Estava na hora de pôr meu plano em ação.

Eu nunca havia trocado mais de duas palavras com Shitamura, mas assim que encostei no ombro dele e o bajulei um pouco, ele se entregou sem restrições. Foi bem simples. Bastou falar sobre os vídeos pornográficos para ele fechar comigo.

No entanto, quase imediatamente me arrependi de escolher Shitamura como testemunha. Para começar, logo descobri que ele não tinha vontade de matar ninguém. Só estava infeliz, e escrevia "Morra! Morra! Morra!" sem parar porque seu vocabulário limitado não o permitia expressar seus sentimentos de outra forma. Além disso, era deprimente ficar perto dele. Apesar de ser quietinho na escola, ele só precisava de uma deixa para começar uma tagarelice sem fim.

"Experimenta esses *cookies* de cenoura. Aposto que você também odeia cenoura... Sou igualzinho. Só como se for nos *cookies*. Minha mãe tentou um monte de receitas para me fazer comer cenouras, mas era tudo ruim. Aí um dia ela chegou com esses *cookies*, e até que eles são bons... tipo, vou até comer... para ela ficar satisfeita."

Eu não tinha a menor ideia do que ele estava falando. Era um pouco esquisito que a mãe de um garoto na idade dele o mandasse levar *cookies* quando fosse estudar na casa de um colega – e foi por isso que não toquei neles, antes de mais nada –, mas era mais esquisito ainda que não se sentisse nem um pouco constrangido. Cheguei a achar que eu devia matá-lo e acabar com aquilo logo. No entanto, acabei percebendo algo útil no meio daquilo tudo: os seres humanos têm uma necessidade fundamental de espaço físico e emocional, e o desejo de extinguir a vida do outro pode surgir quando os limites desse espaço são violados.

No momento em que eu começava a pensar em outra testemunha, Shitamura mencionou alguém em quem eu jamais havia pensado: a filhinha de Moriguchi.

Garoto de treze anos mata filha de professora na escola!

Isso, sim, daria uma primeira capa – os jornais e a televisão não falariam de outra coisa. A professora conselheira que maltratara o garoto quando ele mostrou sua invenção. A mesma professora que havia assinado o formulário de inscrição da feira de ciências. A filha dela. Nada mau – para um idiota como Shitamura. Ele até forneceu informações adicionais que poderiam ser úteis: outro dia, enquanto esteve no shopping, viu a menina implorar a Moriguchi uma pochete no formato de um coelho, e a mãe não comprou. Resolvi manter Shitamura como testemunha.

Ele ficou bem empolgado com o plano, que, para ele, terminaria quando a menina levasse um choque. E também incluiu detalhes – insistindo, por exemplo, que alguém precisava sondar a cena do crime antes de começarmos. Quanto mais eu o deixava falar, mais empolgado ele ficava.

"Será que ela vai chorar?", perguntou ele, com um sorrisinho no canto da boca. "O que você acha? Será?"

"Duvido", respondi. Porque vai estar morta. Era o máximo que eu podia dizer para não rir dele fazendo planos sem ter a menor ideia do que aconteceria. Divirta-se enquanto pode. Você não vai rir quando ela estiver morta na sua frente. Ele correria para casa, morrendo de medo, e contaria para a mãe. Seria perfeito. Principalmente por saber que ela estava sempre reclamando de alguma coisa com alguém. Parece até que escrevia para o diretor ao menor sinal de que o filho tinha sofrido alguma ofensa. Se dependesse de mim, ela teria muito com o que se preocupar.

Estava tudo pronto.

Na tarde combinada, recebi uma mensagem de texto de Shitamura dizendo que havia conferido a cena, e fui direto para a piscina.

Ele continuou seu monólogo insuportável enquanto nos escondíamos no vestiário e esperávamos a menina. Pediria à mãe para fazer um bolo para comemorarmos, disse. Eu não havia dito que nunca mais falaria com ele quando saíssemos dali, mas quanto mais o garoto falava, mais eu queria encontrar um jeito de acabar com ele. O que poderia ser mais simples? Era só dizer a verdade.

Enquanto me divertia pensando no futuro, nossa vítima chegou. Tinha quatro anos na época, uma menina inteligente e bem parecida com a mãe. Olhou atenta ao redor, mas atravessou direto o deque da piscina até a cerca onde o cachorro a esperava. Pegou um pedaço de pão na jaqueta e começou a dar para o bicho.

Eu havia imaginado uma menina mais miserável, dado que era filha de uma mãe solteira. Mas percebi imediatamente que estava errado. A jaqueta cor de rosa que usava tinha a estampa do coelhinho predileto dela; tinha o cabelo partido ao meio, preso nas laterais com fitinhas coloridas. Suas bochechas eram branquinhas e lisas. Quando sorriu para o cachorro, deu a sensação de ser o próprio coelhinho ganhando vida. Obviamente, era uma criança muito amada – pelo menos aos meus olhos.

É vergonhoso admitir, mas, naquele momento, invejei minha vítima. Uma garotinha que, no meu plano, nunca passaria de uma peça necessária – um objeto, em outras palavras.

Deixei a humilhação de lado e fui até ela. Shitamura veio atrás, mas logo me ultrapassou.

"Olá", disse ele, quando chegamos perto. "Você é a Manami, não é? A gente é aluno da sua mãe. Lembra, eu te vi outro dia no Happy Town".

Ele havia colocado o plano em ação. Para ser honesto, eu não achava que ele seria útil nessa parte do jogo, mas na verdade foi o primeiro a falar. Ele tinha até decorado o que dizer, e como só tinha talento para parecer amigável, nosso plano teria sido razoável se não acabasse sendo um desastre.

Ele falou com a menina usando exatamente a mesma entonação daqueles mestres de cerimônia de quinta categoria contratados uma vez por ano para apresentar uma festa de rua no quarteirão da loja do meu pai. Ele teria tido sucesso se simplesmente falasse com seu próprio tom de voz; em vez disso, parecia alguém fingindo ser aquele vizinho legal. A menina olhou desconfiada para ele, e eu notei que precisaria fazer alguma coisa para não arruinar meu plano.

Era minha vez de falar. A partir dali, Shitamura só observaria.

Perguntei sobre o cachorro, e ela abriu um sorriso. Os seres humanos são criaturas muito simples. Esperei o momento ideal e mostrei a pochete.

"Ainda é cedo, mas é o presente da sua mãe para o Valentine's Day", falei, pendurando a pochete no pescoço dela.

"Da mamãe?", disse ela, abrindo o sorriso típico de quem é muito amado – o sorriso que me escapou a vida toda.

Foi nesse instante que percebi que eu a queria morta. Queria me livrar daquela humilhação, e o assassinato que me permitiria fazer isso parecia ainda mais precioso. De repente, meu plano pareceu perfeito.

"Pode abrir", falei. "Tem chocolate aí dentro". O olhar dela era de extrema confiança quando segurou o zíper.

Depois de ouvirmos um leve estalo, o corpo dela se contorceu violentamente e caiu no chão. Depois disso, ela ficou perfeitamente imóvel, de olhos fechados.

Foi tudo tão rápido que minha bolha nem teve tempo de estourar.

Ela estava morta! Meu plano tinha sido um sucesso. Minha mãe viria me ver. Me seguraria nos braços e pediria desculpas pela dor que me causou, e nunca mais a gente ia se separar.

Eu estava prestes a chorar quando Shitamura me trouxe de volta à realidade. Ele me segurava, e seu corpo todo tremia – foi repugnante.

"Vai lá, conta pra todo mundo."

Depois de dizer o mais importante, me livrei das mãos dele e saí andando.

Não tenho mais nada para falar com você, mas sua parte começa agora. Para começar, esse foi o único motivo que me fez conversar com você, levá-lo ao meu laboratório e deixar que espalhasse farelos daquele cookie *por todos os cantos.*

Nesse instante, eu me virei para ele. Shitamura continuava parado, com aquele olhar perplexo no rosto.

"Ah, quase me esqueci. Não se preocupe, ninguém vai achar que você tem alguma coisa a ver com isso. A gente nunca foi amigo. Não suporto garotos iguais a você – inúteis, mas cheios de si! Comparado a um gênio como eu, você é um fracasso total."

Que belas palavras! Havia algo de revigorante em finalmente dizer a verdade. Virei-me de costas de novo, e dessa vez saí da área da piscina sem olhar para trás. Fui direto para o laboratório. Tudo havia ocorrido de acordo com o planejado.

Passei a noite no laboratório esperando o telefone tocar, ou a polícia tocar o interfone, mas a manhã chegou e nada aconteceu. Aparentemente, Shitamura ainda não tinha choramingado com a mãe – nada surpreendente, uma vez que ele era devagar em tudo. Mas já deviam ter encontrado o corpo.

Não havia nada na TV ou na internet, então resolvi passar em casa a caminho da escola para ler o jornal da manhã. Eu tinha parado de tomar café da manhã há muito tempo, mas Miyuki disse que eu deveria pelo menos tomar um copo de leite. Enquanto bebia, abri o jornal em cima da mesa de jantar. Em dias normais, eu teria começado a ler na primeira página, mas naquela manhã fui direto às notícias locais.

MENINA SE AFOGA TENTANDO ALIMENTAR CACHORRO

Afoga? Passei os olhos no artigo, certamente devia haver algum erro.

> Por volta das 18h30 de ontem, o corpo de Manami Moriguchi (4 anos), filha de Yūko Moriguchi, foi encontrado na piscina da Escola S. A polícia ainda investiga a causa da morte, que parece ter sido afogamento acidental.

Acidental? Pior que isso, não havia nem menção ao choque. Ela tinha se afogado.

O que aconteceu? Enquanto tentava entender os fatos, Miyuki deixou escapar um suspiro.

"O que é isso, é a sua escola, não é? E Yūko Moriguchi... é sua professora! A filhinha dela morreu!"

Enquanto escrevo agora, consigo me ver naquele momento e me lembro de Miyuki dizer algo de importante, mas, de algum modo, não processei nada. Pouco a pouco fui entendendo que Shitamura devia ter feito alguma coisa para estragar tudo. Fui correndo para a escola tentar descobrir o que tinha acontecido.

Até aquele momento, eu achava que a palavra "fracasso" não tinha nada a ver comigo ou com minha vida. Eu deveria ter pensado em como evitar esse desfecho, o que significava basicamente não me envolver com idiotas. Ao escolher minha testemunha, me esqueci completamente dessa lição.

Na escola só se falava da morte da menina. Hoshino, um dos garotos da turma, tinha encontrado o corpo e falava para quem quisesse ouvir como a vira flutuando na piscina. A piscina não tinha nada a ver com aquilo, pensava eu. Minha vontade era dizer para aqueles idiotas que ela tinha morrido por causa da premiada invenção de Shūya Watanabe... Mas por que não falei nada?

A resposta era simples. Ninguém tinha pensado em assassinato. Todos estavam convencidos de que havia sido um acidente. O plano foi um completo fracasso. Como não queria ser visto como meu cúmplice, o covarde do Shitamura jogou o corpo na piscina para dar a entender que tinha sido um acidente.

Fiquei furioso. Ainda mais quando o vi entrar na escola calmo e tranquilo, como se não tivesse feito nada – como se não tivesse arruinado meu plano.

Arrastei-o até o corredor e exigi uma explicação.

"Me deixa em paz", sussurrou ele. "A gente não é amigo, lembra? Sobre ontem, não vou falar para ninguém. Se quiser, fala você!"

Foi então que entendi que ele não havia jogado o corpo na piscina por medo; ele jogou simplesmente para estragar meu plano.

Mas por quê? Mais uma resposta simples: para se vingar do que eu havia dito antes de sair. Eu o subestimara. Um rato acuado sempre morde o gato, e havia idiotas por todo o Japão fazendo coisas inimagináveis só por terem sido desafiados. Era minha culpa. Levado pelas emoções, acabei provocando o idiota.

Por fim, não fazia diferença. Eu tinha perdido. Nada havia mudado. Eu teria de voltar a ser o aluno prodígio enquanto bolava um novo plano.

Isso tinha de ter sido o fim da história.

Mas não foi. A mãe da vítima, Moriguchi, descobriu a verdade. Mais ou menos um mês depois, ela me chamou ao laboratório de ciências e me mostrou a pochete de coelhinho, que estava imunda, mas intacta. Minha estimada invenção, minha arma mortal! Eu tinha conseguido, no fim! Minha vontade era gritar de alegria!

Confessei tudo. Eu queria matar alguém com minha invenção para chamar mais atenção do que a menina Luna. Mas Shitamura, minha testemunha, perdeu o controle e jogou o corpo na piscina. Eu disse que sentia muito por ninguém ter descoberto.

Para dizer a verdade, fiz tudo o que podia para provocá-la naquele dia – tanto que, pensando agora, mal consigo acreditar que ela não tenha me matado ali mesmo. Mas eu não tinha muita escolha. Era minha única chance de sair vitorioso das garras do fracasso. Ela simplesmente ouviu tudo e disse que não iria à polícia. Ela "não me daria a alegria de estrelar meu próprio show de horrores".

Por quê? Por que essas pessoas idiotas insistem em entrar no meu caminho? Por que esses obstáculos não param de surgir?

Qualquer que fosse a razão, ela fez como prometeu e não contou nada para ninguém.

Até que, no último dia de aula, comunicou que estava pedindo demissão e que não trabalharia mais como professora. Sua mensagem de despedida foi a explicação do que realmente tinha acontecido com sua filha. Eu não sabia por que ela contaria a história para aqueles idiotas em vez de ir à polícia, mas pelo menos não foi uma despedida entediante. Ela exagerou um pouco em determinados momentos, mas, de modo geral, deixou a história bem emocionante.

Quando foi chegando perto de revelar a identidade do assassino, os colegas de classe começaram a virar o pescoço e olhar para mim. Seus olhares me encheram de satisfação. Eu sei que havia maneiras piores de revelar a história do que espalhar pela escola o boato de que eu era o assassino. Até que um dos idiotas perguntou por que ela não tinha procurado a polícia e se ela se sentiria responsável se A matasse de novo. A resposta dela foi um choque para mim.

"Vocês se enganam se pensam que A poderia matar 'de novo'..." Eu sabia de cada detalhe do incidente, mas reconheço que, naquele momento, eu não tinha a menor ideia do que ela estava falando. "A potência do choque era fraca demais para matar uma senhorinha com problemas de coração, que dirá uma menina de quatro anos de idade".

Ela estava dizendo que minha invenção não havia funcionado, e que Shitamura tinha matado a menina, e não eu. Eu só a deixara inconsciente; ela morreu quando aquele idiota a jogou na piscina com a desculpa errada de que precisava encobrir o que eu havia feito. Naquele momento, todos os olhares se voltaram para Shitamura.

Que humilhante. Nada poderia ser pior. Eu queria morder minha língua e morrer ali mesmo de tanto sangrar. Mas havia mais um detalhe interessante na história de Moriguchi: ela havia misturado sangue de um paciente com aids no leite que eu e Shitamura tínhamos acabado de beber. Se eu fosse tão idiota quanto meu parceiro de crime, eu teria me levantado da cadeira e gritado "Bravo!".

Desde o momento em que notei que estava travando o sucesso da minha mãe, eu havia pensado em suicídio várias vezes. Mas eu era muito novo para descobrir a maneira ideal de cometê-lo. Eu me lembro de ter pedido inúmeras vezes exatamente isso: que eu ficasse doente.

Eis que meu desejo havia se tornado realidade, e da maneira mais inesperada possível. Aquilo estava além de qualquer coisa que eu pudesse imaginar, um sucesso completo. Se minha mãe teria corrido para acudir um filho acusado de assassinato, era ainda mais provável que o fizesse com um filho que tinha aids. Eu pulava de alegria por dentro, por mais clichê que pareça.

Eu queria sair correndo dali, fazer um exame que provasse que eu tinha HIV e depois mandar para a universidade onde minha mãe trabalhava, mas eu sabia que o vírus podia demorar três meses para se manifestar, então teria de esperar para fazer o teste.

Por mais frustrante que fosse, era tudo que eu podia fazer. Aliás, acho que não tive um período mais pacífico na vida desde que minha mãe foi embora. Em circunstâncias normais, meu pai provavelmente não aprovaria que eu visse minha mãe, mas se eu estivesse doente, ele não teria escolha. Talvez até me deixasse viver meus últimos momentos com ela.

O período de incubação da aids pode ser de cinco a dez anos. Poderíamos fazer uma pesquisa conjunta na universidade. Que tipo de maravilhas poderíamos realizar juntos? Depois, quando eu me cansasse de pesquisar, ela cuidaria de mim em meu leito de morte.

Passei as férias repassando esses cenários na minha cabeça, até que o novo ano letivo começou. Shitamura não apareceu no primeiro dia de aula, e o resto dos idiotas da sala me isolaram com medo de pegar o vírus. Em suma, acabei achando agradável.

Gradualmente, no entanto, os idiotas da turma começaram uma campanha para me pregar peças estúpidas. Jogavam caixas de leite na minha carteira ou no meu sapato, escondiam minhas roupas de educação física, ou escreviam "Morra!" nos meus livros. Não era nada divertido, mas devo admitir que quase me impressionava a determinação que tinham para inventar novas ofensas. Em determinado momento, quando uma caixa de leite estourou na minha carteira, tive o desejo passageiro de matar a turma inteira, mas até isso conseguia perdoar – ou pelo menos ignorar – quando pensava que o reencontro com minha mãe era apenas uma questão de tempo.

Depois de três meses, fui a uma clínica na cidade vizinha para fazer o exame. Uma semana depois, tive uma briga com os palhaços da turma. Eles são idiotas, mas até mesmo os idiotas podem ser perigosos quando estão em grupo. No final da aula, eles me seguraram por trás e me amarraram com uma fita nos pés e nas mãos. Eles tinham planejado tudo – usavam máscaras cirúrgicas e luvas de borracha para não serem infectados.

Achei que iam me matar, e, se fosse em outro momento, não teria me importado. Mas eu não queria morrer – não ainda, pelo menos. Não sabendo que meu sonho estava prestes a se tornar realidade.

Se eu começasse a chorar e pedisse perdão, eles me soltariam. Se eu me ajoelhasse e implorasse, poderia sair dali com vida. Minha vontade de viver era tanta que eu estava disposto a passar por qualquer humilhação. Ao que se revelou, no entanto, eu não era o alvo do dia. Eles queriam mesmo era a representante de turma, que supostamente tinha dedurado a turma para Terada, o novo professor conselheiro. Eles planejaram uma surpresinha para ela.

Ela repetiu diversas vezes que era inocente, então eles a mandaram provar jogando uma caixa de leite em mim. A caixa bateu no meu rosto e estourou, me dando um banho de leite – a pancada, no entanto, provocou em mim outra sensação. Eu senti a mão da minha mãe me dando um tapa, como ela fizera todas aquelas vezes. Não sei qual expressão eu tinha no rosto, mas nesse momento olhei para Mizuki, a representante de turma, e a vi murmurar as palavras "Me desculpe". Alguém deve ter visto a mesma coisa, porque a declararam culpada e deram a sentença imediata: um beijo. Aparentemente, tinham me amarrado desde o início por causa disso.

Depois desse episódio, voltei caminhando para casa pensando em como podia haver tanta gente estúpida no mundo, mas meus pensamentos foram interrompidos quando encontrei na caixa de correspondência um envelope com o resultado do meu exame. Finalmente! Assim que rasguei o envelope, me vi afundando num abismo escuro. Negativo. O resultado foi negativo. Eu não tinha aids. Eu sabia que isso era possível, então por que tive tanta certeza de que daria positivo? Talvez porque Moriguchi tivesse sido muito convincente naquele dia.

Comecei a lamentar o fato de aqueles idiotas não terem me matado mais cedo, na escola.

Mais tarde, mandei uma mensagem para Mizuki pedindo que se encontrasse comigo. Fiz isso por ser incapaz de jogar fora aquele pedaço inútil de papel que me esperava na caixa de correio. Era inútil para mim, mas poderia ser a diferença entre a vida e a morte para uma garota obrigada a beijar alguém que provavelmente tinha aids.

Na verdade, pensei nisso depois. Eu não queria mesmo era ficar sozinho, e ela tinha algo que já me interessava – ainda que levemente – muito antes de tudo acontecer. Tinha a ver com o fato de um dia vê-la comprando produtos químicos na farmácia. Eles se recusaram a vender os produtos, mesmo depois de ouvi-la dizer que era para uma tintura que estava fazendo. Dava para fazer uma bomba com aqueles produtos, e fiquei pensando que talvez fosse esse seu objetivo.

Será que queria matar alguém? Se sim, cheguei até a imaginar que podíamos fazer isso juntos. Mas quando nos encontramos e eu lhe mostrei o resultado do meu exame de sangue, sua reação me surpreendeu.

"Eu já sabia", disse ela. Mas como ela poderia saber o resultado do meu exame antes de mim? Talvez tivesse lido sobre a transmissão do vírus e descoberto que a probabilidade de infecção através do truque de Moriguchi era extremamente baixa. Quando a levei para o laboratório e nos sentamos para conversar, ela me deu outra explicação.

Ao que parecia, Moriguchi não tinha colocado sangue nenhum dentro das caixinhas. Mizuki foi a última a sair da sala no último dia de aula, e encontrou na estante a minha caixinha e a de Shitamura. Ela as levou para casa e fez um teste com um produto que reage com sangue. Eu estava vivendo esse tempo todo sob o feitiço de Moriguchi. Estava vivendo uma fantasia.

Mas por que Moriguchi teve todo aquele trabalho de nos contar uma mentira tão elaborada? Por fim, ela não havia nos entregado, nem nos transmitido aids. Qual seria sua vingança? Talvez quisesse apenas nos torturar psicologicamente. Nesse caso, havia acertado em cheio com Shitamura. Esqueci de dizer que ele matou a mãe com uma faca e depois enlouqueceu. Falaram que a polícia ainda não tinha conseguido interrogá-lo. Mas Moriguchi não podia prever esse resultado quando deu aquele espetáculo na nossa frente.

O que me surpreende, no entanto, é que um filhinho da mamãe como Shitamura não tenha contado para a mãe que havia sido infectado com o vírus HIV. Achei que ele contaria para ela na mesma hora, com os olhos cheios de lágrimas, e que depois iriam todos os dias a uma clínica enquanto esperavam o dia de fazer o exame.

Se Moriguchi tinha alguma intenção de fazê-lo enlouquecer em vez de matá-lo, é porque sabia muito bem o que estava fazendo. E quanto a mim? Imagino que possa ser verdade que Shitamura tenha sido o verdadeiro responsável pela morte da menina, mas se eu não tivesse planejado nada, ela ainda estaria viva. Não acho que ela me odeie tanto quanto a Shitamura. Também não acredito que seria esperta a ponto de concluir que eu ficaria decepcionado quando descobrisse que não tinha HIV.

Não sei o que a professora tinha em mente – fato era que meu plano tinha ido por água abaixo. Um grande fracasso, como todo o resto. Uma chatice continuar vivendo – uma chatice ainda maior me matar.

De repente me dei conta de que precisava me divertir de alguma maneira. Talvez eu conseguisse um jeito de me vingar daqueles idiotas na escola. Mas primeiro eu precisava garantir que continuassem achando que eu tinha aids.

No dia seguinte, protagonizei uma vingança pelo drama que haviam preparado para mim e para a representante de turma no dia anterior. Não demorou mais de cinco minutos, e me vi agradecendo a Moriguchi por ter me proporcionado esse presente de despedida.

Bom, você deve estar se perguntando nesse momento por que plantei a bomba. Devo dizer que não existe uma explicação simples, e você certamente não deve pensar que teve a ver com o fato de Mizuki se tornar minha namorada, ou que eu estava tentando compensar o amor da minha mãe.

Eu não estava com a menor vontade de falar sobre Mizuki aqui, mas terei de fazê-lo para evitar suposições equivocadas.

Mizuki é inteligentíssima e com certeza não é uma imbecil como as outras garotas. Não havia nada de especial em sua aparência, mas também não havia nada de errado. Nada disso explicava por que eu gostava dela. O que eu gostava, e até admirava, era o fato de ter tido cabeça fria depois do showzinho de Moriguchi. Enquanto todo mundo (inclusive eu, apesar da vergonha de admitir) caiu como um patinho na baboseira que ela disse, Mizuki demonstrou o espírito cético de uma cientista e tentou confirmar aquela alegação maluca. E mesmo descobrindo a verdade, não contou para ninguém. Guardou o segredo para si mesma. Por isso eu gostava dela.

Na verdade, gostava tanto dela que estava disposto a usar de táticas bem patéticas para que também começasse a gostar de mim. "Tudo que eu queria era alguém que me notasse", falei para ela. É claro, esse "alguém" era minha mãe. Mesmo assim, minha frase pareceu funcionar com Mizuki.

Infelizmente, ela acabou se revelando uma completa idiota. Talvez seja melhor dizer que era boba.

Durante as férias de verão, ela ia todos os dias ao laboratório e, enquanto eu trabalhava na minha nova invenção, ficava digitando alguma coisa no *notebook*. Um dia perguntei o que tanto escrevia, mas ela se recusou a dizer; deixei por isso mesmo. Acho que ela já era minha namorada, mas ouvir os probleminhas dos outros era mais trabalhoso do que valioso. Até que finalmente me disse que estava escrevendo um texto para se inscrever num concurso literário. Isso foi há uma semana, o dia em que postou o material no correio.

Contei para Mizuki que comecei a prestar atenção nela no dia em que a vi comprando aqueles produtos químicos. Achei que ela podia gostar de ciências, e que desde aquele dia tive vontade de conhecê-la melhor. Mas assim que ouviu o que eu disse, ela começou a explicar por que queria os produtos, como se esperasse o tempo todo pela chance de me contar seu segredo.

Não queria fazer uma bomba. Também não planejava criar alguma coisa, nem envenenar alguém, muito menos se matar.

Ela simplesmente era obcecada pela garota Luna e pelo que ela tinha feito. Quando a notícia apareceu no jornal, ela se convenceu na mesma hora de que a garota era seu outro eu. O próprio nome já provava tudo, disse ela: "'luna' significava 'lua', bem como 'zuki', o final do seu nome...". Ela ficou um bom tempo explicando sua teoria, mas nada fazia sentido. Como não respondi nada, ela simplesmente continuou falando.

Ela me deu outras provas de que ela e Luna eram a mesma pessoa. Quando publicaram uma lista dos produtos químicos que a garota tinha em casa, Mizuki ficou sem fala. Eram exatamente os mesmos que ela havia colecionado.

Por insignificante que pareça, essa lista já tinha sido publicada quando eu a vi tentando comprar produtos na farmácia. Era difícil dizer se ela estava mentindo ou não, mas ela falou que havia usado um dos produtos para encontrar traços de sangue nas caixinhas de leite, então pelo menos eles serviram para alguma coisa.

Em determinado momento, do nada, ela perguntou o que eu achava de testarmos alguns produtos em Terada.

Ela tinha algo de sombrio, como a personagem desses seriados que passam na TV depois do horário da escola (não que eu já tenha assistido algum), mas eu tinha minhas dúvidas de que ela já tivesse matado alguém. Mesmo assim, quando a polícia a questionou sobre o incidente com Shitamura e sua mãe, ela pôs toda a culpa em Terada – e ainda parecia insatisfeita. Fui pego de surpresa pelo que ela me disse, e quase tive simpatia pelo rapaz. Ele tinha tido o azar de entrar no lugar de Moriguchi e, depois, de se envolver na desgraça de Shitamura. Quando perguntei o que Mizuki tinha contra Terada, sua resposta foi imperdoável.

"Eu o odeio por causa do que fez com Naoki. Ele foi meu primeiro amor... mas agora eu gosto de você, Shūya."

Ela havia me colocado no mesmo nível de Shitamura. Nada podia ser mais humilhante.

"Mas que merda! Como você pode ser estúpida desse jeito?"

Achei que tinha falado para mim mesmo, mas sem querer deixei escapar. Como não faria mais diferença nenhuma, falei exatamente o que eu achava de sua obsessão pelo caso de Luna. Ela ficou furiosa e me acusou de ser complexado por causa da minha mãe.

Eu havia lhe contado boa parte do que relatei aqui, mas ela estava errada em descrever a situação daquele jeito. Quando tentei dizer isso, ela continuou a falar.

"Tenho certeza que sua mãe te amava, mas, para ir atrás dos sonhos dela, teve que fazer uma escolha difícil e te abandonar. Ela deve ter tido lá seus motivos, mas no fim o que interessa é que ela te abandonou. Se você sente tanto a falta dela, por que não a procura? Tóquio não é longe daqui, e você sabe onde ela trabalha. Você só não foi ainda porque é covarde. Tem medo de que ela te mande embora de novo. Você já descobriu há muito tempo que ela não te quer mais."

Ela passou dos limites. Não estava atacando só a mim, mas também a minha mãe. Quando me dei conta, minhas mãos já estavam apertando seu pescoço esquelético. Finalmente tive vontade de matar alguém de verdade – e não tive nem tempo de pensar em que arma usar. Não havia nada por trás desse assassinato. Em outras palavras, um fim em si mesmo, um homicídio em causa própria. Ela morreu rápido demais para que eu ouvisse a bolha estourar.

A experiência de Shitamura me mostrou que ninguém prestaria muita atenção num assassinato só por ter sido cometido por um menor de idade. Concluí que a morte de Mizuki não tinha nenhuma serventia para mim, e escondi o corpo num freezer grande que tinha no laboratório. Depois de uma semana, como ninguém apareceu procurando por ela, comecei a perceber como era digna de pena e pensei em levá-la comigo no dia seguinte, quando saísse para instalar a bomba. Afinal, eu havia usado os produtos químicos dela para construir o artefato. Ela os trouxera para meu laboratório porque, segundo disse, pareciam "combinar com o lugar". Por fim, tive de abandonar a ideia de carregá-la até a escola. A vida pode ser frágil e leve como uma bolha, mas o corpo dela agora pesava como um saco de chumbo.

E, outra vez, faço questão de deixar perfeitamente claro: plantar a bomba não tem nada a ver com o fato de eu ter matado a representante de turma.

Faz três dias que fui à Universidade K para visitar minha mãe. Eu sempre quis que ela voltasse comigo. Mas uma das cláusulas do divórcio a obrigava a não ter contato nenhum comigo; sendo a pessoa séria que era minha mãe, a promessa a manteve distante todos esses anos. Agora, para que mãe e filho se encontrassem de novo, precisei assumir o problema.

Demorei apenas quatro horas para chegar à universidade – primeiro peguei o trem local, depois o Shinkansen, e por fim o metrô. A universidade sempre me pareceu outro mundo, um paraíso que eu jamais alcançaria – no entanto, eis que ali estava eu depois de uma curta e fácil viagem. Mas à medida que me aproximava do destino, sentia meu peito se apertar. Comecei a respirar com dificuldade.

Laboratório 3 do Departamento de Engenharia Elétrica da Faculdade de Ciências e Tecnologia da Universidade K. O laboratório da minha mãe. Enquanto atravessava aquele *campus* imenso, minha mente imaginava diversas cenas de reencontro.

Eu bateria na porta do laboratório e minha mãe atenderia. Qual será sua expressão quando me vir? O que dirá? Provavelmente não vai dizer nada, só me abraçar com força. Mas e se um assistente ou aluno atender a porta? Vou dizer que estou ali para ver a professora Jun Yasaka. E depois, devo dar meu nome? Ou esperar até que venha me ver?

Ainda pensava no resultado quando cheguei ao Departamento de Engenharia Elétrica e me deparei com alguém que eu deveria imaginar que encontraria ali: o professor Seguchi, juiz da feira de ciências. Curiosamente, ele pareceu se lembrar de mim e me cumprimentou.

"Mas que surpresa", disse ele. "A que devemos a honra de sua visita?"

Por algum motivo, não consegui dizer que estava ali para ver minha mãe, então deixei escapar a primeira coisa que me passou pela cabeça.

"Eu tive de resolver algo aqui perto e decidi vir ver se o senhor estava aqui."

"Que bom que veio! Então, você trouxe alguma invenção?"

"Sim", eu disse. "Várias, na verdade". O que não era mentira. Eu havia levado o Porta-moedas que dá choque, o relógio reverso e o detector de mentiras para mostrar para minha mãe. O professor Seguchi sorriu e me levou até o laboratório dele, que ficava no canto esquerdo do prédio, no terceiro andar – embaixo do laboratório da minha mãe.

Depois de mostrar as invenções, eu poderia dizer que havia ido até lá para vê-la.

E ele diria: você é filho de Jun Yasaka? Não admira ser tão inteligente!

Enquanto tudo isso me passava pela cabeça, chegamos ao laboratório e ele me conduziu a uma sala que representava todas as minhas fantasias – instrumentos complexos em todos os cantos, prateleiras transbordando livros e periódicos. Ele me mandou sentar no sofá e foi buscar uma bebida gelada. Meus olhos percorreram a sala até pararem num porta-retratos sobre a mesa. Era uma foto do professor Seguchi com uma mulher na frente de um castelo antigo, talvez na Alemanha. A mulher ao lado do professor, com um sorriso de felicidade estampado no rosto, era nitidamente... minha mãe.

Mas o que significava aquilo? Talvez a foto tivesse sido tirada durante uma conferência ou uma viagem de pesquisa. Mesmo depois que o professor Seguchi colocou a bebida na minha frente, não consegui tirar os olhos da fotografia.

Ele notou e riu timidamente.

"Essa foto foi tirada na nossa lua de mel."

Senti uma bolha estourar.

"Lua de mel?"

"Eu sei, você deve imaginar que sou muito velho para esse tipo de coisa. A gente se casou no fim do ano passado, e agora, aos cinquenta, estou prestes a me tornar pai pela primeira vez. Engraçado, não é?"

"Pai?"

"Sim, estamos esperando para o final de dezembro. Mas minha esposa não parece se importar – hoje, por exemplo, ela está numa conferência em Fukuoka. As mulheres são assim atualmente..."

Bolhas estourando, uma depois da outra.

"Sua esposa é a professora Jun Yasaka?"

"Sim... você a conhece?"

"Ela é... alguém que respeito muito."

Comecei a tremer e não consegui dizer mais nada. A última bolha já havia estourado. Seguchi olhou para mim, desconfiado.

"Você não é o..."

Não esperei para ouvir o resto da frase. Dei um salto da cadeira e saí correndo da sala. Embora não tenha olhado para trás, sei que o professor nem tentou me seguir.

Eu achava que ela tinha desistido da ideia de família para poder ir atrás de um sonho, ser fiel ao seu dom. Para se tornar uma grande inventora, ela havia sido obrigada a abandonar seu filho amado. Seu "único filho". Não foi isso que disse? No entanto, nunca voltou para encontrar seu "único filho". Em vez disso, encontrou um homem melhor, se casou, engravidou de novo e vivia feliz desde então.

Quatro anos se passaram desde que ela me deixou, e agora eu finalmente entendo a verdade. Não era "uma criança" no sentido amplo que a impedia de seguir adiante; era eu, Shūya, um garoto que tinha nome, e, desde o dia em que saiu de casa, eu já tinha me tornado passado, uma memória prestes a esvanecer. Eu tinha certeza de que Seguchi percebeu quem eu era, então o fato de ela não ter se manifestado depois da minha visita deixa isso ainda mais claro.

Agora vocês podem considerar a matança que estou prestes a cometer como uma vingança contra minha mãe – e este testamento como a única forma que tenho de contar para ela o que aconteceu.

Assim como no caso da filha de Moriguchi, dessa vez eu também preciso de uma testemunha. E elejo vocês, visitantes do meu site. Espero que assistam à catástrofe que fará parte dos anais dos crimes juvenis e que mostrem para minha mãe que essa foi minha maneira de falar a ela da minha dor.

Adeus!

Adeus!

Bati com a mão no pódio ao terminar de ler "Vida", meu ensaio idiota, e coloquei a mão no bolso pra pegar meu celular. O número já estava no visor. Pressionei "Chamar" – ou seja, o detonador da minha bomba.

Um segundo... dois... três... quatro... cinco...

Nada aconteceu. O que poderia ter dado errado? Será que a bomba falhou? Não, eu nem escutei a vibração do outro aparelho que serviria de detonador. O que aconteceu?

Inclinei-me e olhei embaixo do pódio.

A bomba tinha sumido...

Alguém deve ter visto o site e a retirou. Mas quem? Desarmar uma bomba requer certos cuidados. E por que não chamaram a polícia? Será que foi... minha mãe?

Nesse momento, o telefone na minha mão começou a tocar. Número confidencial.

Meu dedo tremia quando apertei "Atender".

CAPÍTULO 6

Sacerdócio

Shūya? É a mamãe.

Era ela que você esperava, não é? Desculpa a decepção, mas não é sua mãe. Sou eu, Moriguchi. Quanto tempo, não é?

Você deve estar pensando por que a bomba não explodiu. Então: eu a desativei hoje de manhã.

Fiquei muito impressionada com o mecanismo. Foi muito inteligente montá-la de modo que o detonador não funcionasse em baixa temperatura. Por isso você conseguiu congelá-la no laboratório e trazê-la para a escola dentro de uma caixa térmica. Se estivesse resfriada o suficiente, a bomba poderia chacoalhar no caminho sem explodir. Seu conhecimento de química é tão impressionante quanto suas habilidades para a engenharia.

Se fizesse bom uso dessas habilidades, tenho certeza de que se tornaria um grande cientista. Mas escolheu usar seu dom para o mal, para criar armas e executar planos ridículos.

Eu li a carta de amor que deixou no site para sua mãe. Qualquer pessoa capaz de escrever uma carta daquelas e publicá-la na internet sem morrer de vergonha deve se achar uma espécie de herói trágico.

É uma história triste e bonita. Uma mãe brilhante, com um filho abençoado com a mesma genialidade. Com lágrimas nos olhos, ela deixa o menino numa cidade distante e vai atrás de seus sonhos. Não sem prometer para o menino que voltará correndo se algum dia ele precisasse. O menino acredita nela. O pai se casa de novo, tem um bebê com a nova esposa e deixa o garoto levar uma vida solitária. Ele quer rever a mãe, então se inscreve num concurso de invenções. Mas a mãe não dá notícias. Então ele resolve matar alguém. Com certeza ela vai voltar se o garoto se meter em confusão, ou se tornar assassino. Infelizmente, o plano dá errado por causa de um colega idiota. Felizmente, a vítima se vinga e, para sua alegria, pensa que está doente. Com certeza agora ela vai voltar. Mas não é que ele não está doente? Então usa uma garota da turma para tentar esquecer os problemas, e quando ela o chama de garotinho da mamãe, ele a mata. Por fim, resolve visitar a mãe. Antes de conseguir vê-la, encontra seu novo marido e descobre que ela está grávida. De repente lhe cai a ficha de que foi verdadeiramente abandonado e resolve se vingar da mãe.

Sei que pulei alguns detalhes, mas acho que o rascunho geral está bom. E, como ato final, você planta uma bomba na escola.

Você é idiota ou o quê? Você usa essa palavra para se referir a tudo e a todos na sua cartinha de amor, mas o que acha que isso faz de você? E o que realmente criou na vida? E o que fez com as pessoas que menosprezou, os seus "idiotas"?

Você disse que seu pai não merecia viver, mas já parou pra pensar que, se não fosse por ele, você sequer existiria? Você acha que só por ter boas notas é uma criatura superior às outras, mas não é. Você é o mais iludido de todos, o maior idiota que já conheci. O tipo de gente que matou minha Manami, que tirou de mim minha menina.

Eu li sua carta, resolvi me vingar, mas admito, até com certa vergonha, que fui muito vaga. Acho que devo explicar o que realmente queria, começando com o último dia de aula.

Eu retirei, sim, um pouco de sangue do meu marido, Sakuranomi, enquanto ele ainda estava dormindo, e trouxe para a escola. O leite era entregue às nove e colocado na geladeira perto da secretaria.

Saí no meio da reunião e injetei parte do sangue com uma seringa nas caixinhas com o seu nome e o de Shitamura. Consegui inclusive achar um lugarzinho na dobra onde vocês não perceberiam o furinho minúsculo. Depois, quando vocês terminaram de tomar o leite, comecei a falar. Eu sabia como seus colegas de classe poderiam ser cruéis, e minha intenção era atirar vocês no meio dos lobos, por assim dizer. Porque os adultos agem dentro de certas regras, e protegeriam vocês mesmo sabendo da maldade que cometeram.

Nunca tive ilusão sobre a chance de vocês pegarem aids. Como perceberam depois, a probabilidade de transmissão em uma brincadeira como a que fiz é muito pequena. Mas como a chance não é zero, achei que minha punição tinha sido adequada.

E pensei que tudo estava resolvido. Não que meus sentimentos tenham mudado. Eu sabia que vocês viveriam durante um tempo com o medo de terem aids, e que a turma faria gato e sapato de vocês, mas nada disso me alegrava. Nenhuma forma de vingança me faria odiar vocês ainda mais. Se eu tivesse destroçado vocês dois, acho que odiaria os pedaços do mesmo jeito. Entendi que a vingança nunca apagaria de mim o que aconteceu e que eu continuaria odiando vocês com cada célula do meu corpo.

Mas pensei que poderia colocar um ponto final na história. Eu jamais me esqueceria de Manami, mas não tinha a menor intenção de passar o resto da vida lidando com crianças feito vocês. O tempo que eu ainda tinha para viver com Sakuranomi estava acabando, e, quando ele morreu, resolvi começar tudo de novo. Eu nunca tinha pensado no que poderia fazer para ajudar os outros, mas estava decidida a fazer isso na minha nova vida.

Um mês depois, em abril, quando a morte do meu marido já era inevitável, ele me contou uma coisa chocante. Disse que sentia muito por nunca ter me feito feliz, mas que queria pelo menos ter certeza de que não me deixaria aqui para ser presa ou lidar com o escândalo. Ele havia estragado minha vingança. Ele sentiu quando tirei seu sangue naquele dia e concluiu que eu planejava alguma coisa. Me seguiu até a escola e me viu colocar sangue nas caixinhas. Apavorado, me esperou sair da sala e trocou as caixinhas.

Ele disse estar ciente de que eu jamais o perdoaria, mas que era errado pagar o mal com o mal, e que a vingança não faria eu me sentir melhor. Mais importante ainda, tinha certeza de que vocês podiam ser reabilitados, transformados em algo novo, e queria que eu também acreditasse. Disse que, se eu quisesse me sentir íntegra de novo, também precisava acreditar.

Foram as últimas palavras dele. Que não deveríamos buscar a vingança mesmo que alguém tivesse matado nossa filha. Que as crianças que mataram Manami podiam ser reabilitadas. Se alguém nesse mundo mereceu o título de santo, foi ele.

Pensando com a sua lógica, Shūya, a mãe dele deve ter lido muitos contos de fada quando ele era bebê. Mas não. Duvido que você tenha se dado ao trabalho de ler a matéria sobre ele que estava no mural no fundo da sala; a mãe dele morreu assim que ele nasceu. Quando o pai se casou novamente, ele estava no quinto ano – assim como você quando seu pai se casou de novo. E, ao contrário de você, ele não foi um aluno exemplar e não suportava a madrasta, por isso fugia de casa constantemente. A vida que teve depois disso não é de se orgulhar, e tenho certeza de que faria parte da sua lista de idiotas se cruzasse seu caminho. Mesmo assim, um homem como ele queria salvar a sua vida.

Talvez você tenha razão quando diz que nosso senso de certo e errado não passa de algo que aprendemos na escola quando crianças. Sakuranomi só aprendeu essas pequenas lições depois de adulto, quando percebeu que lhe faltava algo e sentiu que precisava correr atrás do tempo perdido, se restabelecer. Você se parece com ele nesse aspecto – porque, de alguma maneira, deixou escapar esse sentido básico de bem e mal, e ainda sabe disso. Mas em vez de resolver o problema, age como se fosse legal ser uma pessoa ruim, ou culpa sua mãe por você ser desse jeito. Ou talvez tivesse medo de mudar seu comportamento e com isso cortar os vínculos com sua mãe ausente, a garota má com quem você tanto queria parecer, e por isso se recusou a mudar. Agora nada disso faz diferença.

Nunca aceitei o que Sakuranomi fez. Nunca consegui perdoá-lo por dizer que estava pensando na minha felicidade, apesar de agir como professor e não como pai. Isso sem falar que nunca vou perdoar vocês, apesar do desejo dele de protegê-los. Mas a vingança é algo sutil, e eu não consegui bolar um novo plano naquela hora. Resolvi esperar o momento certo e ver como tudo se desenrolaria.

Werther-sensei, Yoshiteru Terada, me manteve informada de tudo que aconteceu desde que saí da escola. Na verdade, ele havia sido aluno de Sakuranomi, e eu me lembrava bem dele porque estudamos juntos durante um ano. Ele não era um dos alunos mais problemáticos do círculo de Sakuranomi, mas parecia idolatrar o professor mais do que os outros. Então, quando descobriu que seu ídolo tinha fumado no ensino fundamental, começou a fumar – embora na maior parte do tempo apenas tossisse –, e quando espalharam a história de que Sakuranomi tinha pichado o carro de um professor particularmente carrasco, Werther tentou fazer a mesma coisa. E as imitações sempre lhe causavam problemas. Isso significava que ele era extraordinariamente impressionável, e por isso seria bem útil aos meus propósitos.

Quando Sakuranomi morreu, consegui convencer a imprensa a não publicar a data e o lugar de seu funeral. Parece que engoliram meu argumento de que um professor tão admirado precisava "viver para sempre no coração de seus alunos". Mas Terada conseguiu descobrir e apareceu por lá. Disse que precisava "compensar todos os problemas que causou a seu professor", e embora eu estivesse de saco cheio desses chavões insignificantes, não consegui mandá-lo embora. Depois do funeral, ele se ajoelhou na frente da placa mortuária e começou a se desculpar por todos os erros que havia cometido. Imagino que até Sakuranomi sentiria desgosto por aquela exibição, mas aprendi uma coisa com aquelas confissões. Ele disse que se sentia no dever de continuar o trabalho de Sakuranomi, que tinha decidido se tornar professor e começado a trabalhar na Escola S em abril, no início do próximo ano letivo.

Falei que havia lecionado na mesma escola até março, no final do ano anterior, e perguntei como estavam as coisas. Ele me contou que havia assumido a Turma B do oitavo ano como professor conselheiro. Acho que algumas coisas são obra do destino. Ele parecia não saber que eu havia sido conselheira da mesma turma no ano anterior, então perguntei dos alunos sem dizer nada. Ele me contou que o único problema era um aluno que tinha parado de ir à aula, um garoto chamado Shitamura. Enquanto ouvia o relato de Terada, concluí que Shitamura achava que estava contaminado, mas não contou para a mãe. Parecia estranho, mas eu sabia que havia muros ocultos entre mães e filhos, e comecei a pensar em como me aproveitar da situação.

Em outras palavras, comecei a pensar em como encurralar ainda mais Shitamura. Dei meus conselhos para Terada na hora certa, sempre dizendo que Sakuranomi teria agido assim numa situação semelhante. Sakuranomi teria ido à casa do garoto e levaria consigo um colega da mesma turma. Em determinados momentos Werther pareceu meio cético, mas eu sabia que mudaria de ideia e logo se tornaria persistente em seu objetivo. Ele ia toda semana à casa de Shitamura e, quando era recebido apenas na porta, começava a gritar da rua. Consegui prever tudo.

Eu disse que poderia me procurar sempre que precisasse e que podia confiar a mim suas confidências. Ele deve ter pensado que não poderia discutir nada disso com outros professores da escola, pois não parava de me mandar e-mails perguntando minha opinião. Acho que ninguém poderia acusá-lo de ser negligente com Shitamura – afinal, ele mantinha contato regular com a antiga conselheira anterior da turma.

Ele até me perguntou como agir quando a turma começou a fazer *bullying* com você. Disse que queria acabar com aquilo, mas respondi que em vez de fazer isso sozinho, seria mais eficaz se algum aluno enfrentasse as agressões. Assim a turma poderia identificar o problema enquanto grupo. Eu esperava que você sofresse mais ataques, mas a situação acabou virando, como sempre acontece com Terada, e a pobre Mizuki Kitahara acabou sendo vítima da crueldade da turma. Disso eu me arrependo profundamente.

Acho que se Kitahara-san não tivesse entrado no jogo, você jamais teria matado ela, e fico muito triste quando penso nisso. Mas toda vez que me sinto culpada, me lembro na mesma hora que os verdadeiros culpados são vocês. Nada disso é minha culpa. Você matou Kitahara-san. Você ficou muito afetado quando ela o chamou de complexado, e a matou cegado pelo ódio. Como você chamou mesmo o crime? "Homicídio em causa própria"? O que significa isso? Cada idiota com sua idiotice!

Enquanto eu estava lá, sentadinha observando vocês dois, Shitamura matou a mãe. Não tenho ideia do que aconteceu entre os dois, e mesmo se tivesse, não faria diferença tentar entender. Porque uma coisa é certa: Shitamura jamais teria matado a mãe se não tivesse matado Manami antes. Por isso não tenho compaixão nenhuma por ele ou pela mãe. No caso dela, foi sua recompensa por criar uma criança daquele jeito. Apesar da interferência de Sakuranomi, senti que minha vingança contra Shitamura estava completa.

Restou você. Como você mesmo disse, embora Shitamura tenha matado Manami, ela não teria morrido se não fosse seu plano estúpido. Eu queria ver os dois sofrerem e morrerem, mas se eu fosse obrigada a escolher quem odeio mais, sem dúvida escolheria você.

Eu também ficaria feliz se você tivesse morrido por causa de algum jogo brutal dos seus colegas, mas minhas esperanças se foram quando Terada me disse que tinha "resolvido" o problema do *bullying*. Parecia muito satisfeito e me agradeceu pelos conselhos. Achou incrível que a ameaça de infecção tivesse sido útil para manter os outros alunos na defensiva – algo que devia ter percebido desde o início.

Seja como for, entendi que, a partir daquele momento, eu precisaria cuidar de tudo sozinha. E tinha certeza de que você jamais se arrependeria pelo que fez com Manami, mesmo que estivesse no leito de morte. Eu precisava descobrir seu ponto fraco. Embora parecesse inútil, eu entrava todos os dias no seu site. Mas não havia nenhuma postagem depois do que tinha escrito sobre o porta-níqueis. Entendi que a falta de atualização já era uma pista: se você desprezava tanto as coisas insignificantes, por que não tirou a página do ar? Desisti da ideia de uma vingança rápida e me convenci de que devia observar e esperar. Mesmo que demorasse uma eternidade, eu descobriria algo que você amava só para destruir depois. Até que você voltou a postar.

Graças à sua carta de amor para a mamãe, descobri várias coisas sobre sua infância infeliz. Até acreditei que as coisas poderiam – repito, *poderiam* – ter tomado outro rumo se eu tivesse sido mais receptiva quando me mostrou a bolsinha pela primeira vez. Quase me arrependi do que falei naquele dia. Quase. Felizmente, recobrei a consciência e concluí que só podia estar delirando. Você mesmo disse que o porta-moedas era uma armadilha. Você queria dar choque em alguém, e por isso a criou. Por que eu teria de aprovar isso? A ideia de que você queria atenção e elogios é só a ilusão de uma criança mimada. O que você queria era uma oportunidade de se exibir. Ignorou a chance de fazer algo que valia a pena e escolheu criar um brinquedo inútil para impressionar os outros. Quem, em sã consciência, elogiaria uma coisa daquelas? Você devia ter se contentado em brincar com a bolsinha sozinho.

Você despreza os seres humanos, só vê valor na sua mãe e agora terá de conviver com esse personagem que criou para você mesmo. Não adianta culpar os outros pelos seus crimes; a responsabilidade é só sua. Mas se a culpa tiver de cair em alguém, no fim das contas será na sua mãe, a mulher que levantou a mão para uma criança que não correspondeu às suas expectativas, negando-lhe afeto, e que foi embora para realizar os próprios sonhos, deixando para trás um garoto com um amor não correspondido. Pensando nesse egoísmo gigantesco, você e ela são bem iguais.

Você plantou uma bomba na escola para se vingar da sua mãe. Queria afrontá-la matando um monte de inocentes. O mesmo aconteceu com Manami. Você só se importa com sua mãe e por isso machuca todas as pessoas que não sejam ela.

Se não existe mais ninguém no seu mundinho além de você e ela, sugiro que a mate e deixe todo o resto em paz. Mas você é covarde demais para isso. Por isso não posso admitir que continue contando vantagem e machucando pessoas inocentes.

A polícia vai chegar logo, e não vai demorar para encontrarem o corpo de Kitahara-san. Quando você for preso e eles conectarem você e Shitamura, a verdade sobre a morte de Manami virá à tona. Mesmo assim, acho que sua punição não é suficiente. Porque você, um garoto tão brilhante, vai conseguir convencê-los de que se regenerou, voltar à sociedade, deixar o passado para trás e recomeçar a vida.

Mas, antes disso, tenho mais uma coisa pra lhe dizer.

Depois de ler sua carta e desarmar a bomba, fui visitar alguém. Acho que senti certa compaixão por você, e talvez quisesse mais uma chance para pensar no que Sakuranomi havia me dito. Talvez eu possa até dizer que assumi parte da responsabilidade pela morte de Manami.

A verdade é que fui procurar a pessoa que você quis rever durante todos esses anos, e encontrá-la foi a coisa mais simples do mundo. Primeiro, mostrei a ela seu site, sua doce carta de amor. Depois contei sobre Shitamura e o que vocês dois tinham feito com Manami.

Como? Você quer saber o que ela disse?

Desculpa, tem muito barulho aqui. Está ouvindo as sirenes e toda essa gritaria?

Então, além de desarmar a bomba, eu a recoloquei em outro lugar. Depois rezei para você fazer a chamada – e não é que teve coragem? A bomba não falhou, se quer saber. Não sei se imaginava o tamanho da explosão, mas posso dizer que foi gigantesca, o suficiente para destruir boa parte do prédio de concreto armado. Felizmente, acreditei totalmente na sua capacidade e esperei a uma distância segura. Do contrário, não estaria viva para fazer essa ligação.

A bomba explodiu no Laboratório 3 do Departamento de Engenharia Elétrica da Faculdade de Ciências e Tecnologia da Universidade K. Você a construiu e você a detonou.

Engraçado... acho que finalmente consegui me vingar. E com alguma sorte, também apresentei o caminho de sua própria redenção.

Este livro foi composto com tipografia Bembo e impresso
em papel Off-white 70 g/m² na gráfica Rede